世界著名哲理诗
100首鉴赏

许自强__主编 雪莱 普希金等__著
穆旦 袁可嘉等__翻译 冯至 茅于美等__赏析

商务印书馆国际有限公司

图书在版编目（CIP）数据

世界著名哲理诗100首鉴赏 / 许自强主编. -- 北京：商务印书馆国际有限公司, 2020.2

ISBN 978-7-5176-0722-9

Ⅰ. ①世… Ⅱ. ①许… Ⅲ. ①诗歌欣赏—世界 Ⅳ. ① I106.2

中国版本图书馆 CIP 数据核字 (2019) 第 276379 号

世界著名哲理诗 100 首鉴赏

主　　编　许自强
责任编辑　李东晓
出版发行　商务印书馆国际有限公司
地　　址　北京市东城区史家胡同甲 24 号　邮编 100010
电　　话　010-65592876（总编室）
　　　　　010-65227580（编辑部）
　　　　　010-65598498（市场营销部）
网　　址　www.cpi1993.com
印　　刷　三河市紫恒印装有限公司
开　　本　880mm × 1230mm　1/32
字　　数　217 千字
印　　张　8.25
版　　次　2020 年 2 月第 1 版　2020 年 2 月第 1 次印刷
书　　号　ISBN 978-7-5176-0722-9
定　　价　35.00 元

给爱生活、爱思考的你

序 言

Preface

怎样欣赏外国哲理诗中的“理趣”

中国诗教的传统是言志、传情，所谓“诗言志”“诗缘情”，说理诗在诗歌中地位相对较微。严羽说：“诗有别趣，非关理也。”（《沧浪诗话》）出色的说理诗在中国诗里屈指可数，而且大多是在抒情、叙事中捎带着说理，专门说理的诗有很多是不成功的败作（如魏晋的玄言诗、南宋的道学诗）。

外国诗则不然（这里主要以西方诗为代表），西方人比较重理性、讲科学，偏爱于对哲理的探索，诗人尤其如此。英国诗人柯勒律治曾说过：“一个人，如果同时不是一个深沉的哲学家，他绝不会是个伟大的诗人。”所以，从宇宙到人生，从生到死，从理智到梦幻，他们时时都在不断地思索，从中寻找人生的真谛、生命的价值。长篇巨制像但丁的《神曲》、弥尔顿的《失乐园》、歌德的《浮士德》，其主题本身就带有浓郁的哲理色彩。短篇小诗也往往在抒情、写景之中，寄寓着某种道理。就拿描写自然景物为例，朱光潜曾说："中国诗人在自然中只能听见自然，西方诗人在自然中往往能见出一种神秘的巨大的力量。"（《中西诗在情趣上的比较》）这前一句话未见公允，后一句却有道理。其实，中国诗人无论是借景抒情或是托物言志，都是把自然作为一种情感的寄托或媒介，在自然中看到的是"人"，这自然是人格化了的，带有鲜明的主观色彩。如陶渊明咏菊、陆游咏梅，都是借菊或梅表现士大夫、文人孤标傲世的清风亮节。西方诗人在自然中看到的是隐藏在自然后面的"神"，即支配自然的规律和力量，是以客观的态度探索世相人生的奥秘，偏重于谈理。比如：雪莱的《云》以其神奇绚丽的想象、蓬勃旺盛的生命力，歌颂了自然万物周而复始、永生不灭的创造力；济慈的《希腊古瓮颂》，则以古瓮上永不凋败的画像同现实生活中转瞬即逝的美相对比，表达诗人对于真与美的观念——"美即是真，真即是美"。

所谓"理"，是人类思想观念的总称，是自然万物和社会生活中合乎规律性、目的性的统一，是人类理性思维的成果。它包括面极广，自然界万物消长讲"物理"，如花开花落、新陈代谢；人世间事物变化讲"事理"，如后来居上、骄者必败；人类社会发展讲"道理"，政治有仁义忠信，宗教有轮回报应，历史论有进退分合……这种种"理"固然也可以成为诗歌的题材对象，但"文学是人学"，诗歌说理的核心也离不开人，所以，诗歌看重的是与人类密切相关的哲理。所谓哲理，是指对宇宙人生之普遍规律的高度概括，它实际是"物理""事理""道理"中的精华在人类社会的反映，是一种带有普遍性的、最深刻的人生情感体验；从某种意义上看，它是永恒不灭、万古长青之真理。哲理是以哲学的高度来看待人情事理、世态物象的，它既能从宏观视野高瞻远瞩，又能从微观视角探赜索隐，可以说兼有望远镜和显微镜的双重功能。诗人倘用哲学家的头脑去观察、剖析事物，必将使作品深度大大提高。比如英国诗人布莱克这首小诗：

一颗沙里看出一个世界，
一朵野花里一座天堂，
把无限放在你的手掌上，
永恒在一刹那里收藏。

短短四句就高度概括了宇宙万物间大与小、远与近、长和短等种种相反相成的辩证关系。

哲理对于诗歌创作来说存在着两面性。一方面它属于哲学范畴，所谈之理比较抽象、深奥，也易流于枯燥、乏味，同一般诗歌欣赏者的心理接受能力有一定差距。同时，因诗歌容量较小，短短几句很难把一个深邃的道理论述得透彻、充分，故而一般并不适宜。另一方面，哲理同其他道理相比又有它的长处，唯其抽象、概括，才不易受到时代、阶级和政治观念的束缚，容易突破时空局限，获取长久的生命力；它同人的日常抒情虽非直接相关，却处处有内在联系，尤其是人生哲理中所涉及的伦理、道德、情操等，层面极其宽广，几乎无所不包；它同人类本性最为贴近，因而具有极大的普泛性。倘能精警凝练，集中一点，予以突破，仍可收到独特功效。

西方哲理诗之所以感人，很大程度在于一个“趣”字。也就是说，它不是干巴巴地陈述理论概念，而是理中带趣，使人在欣赏玩味之中能得到理的启迪。这种“理”往往隐藏在生动活泼的形象中，构成一种“理趣”。所以，西方哲理诗中的上乘是那些情、理合一之作，即在写景、抒情、咏物之中，寄寓某种道理。

表面看来，似乎根本没有讲什么“理”，如同寻常的抒情诗、写景诗，细细品味，它的意蕴又绝不止于抒情或写景，还隐含着更深的难以确定的寓意，令人遐想不已。比如歌德有一首名诗《漫游者的夜歌》曾深受作曲家青睐，舒伯特、李斯特等二百多位作曲家为其谱曲，成为欧洲词史上的奇迹：

群峰／一片沉寂

树梢／微风敛迹

林中／栖鸟缄然

稍待／你也安息

此诗写于1780年秋夜。诗人伫立峰顶，俯视群峰丛林寂静夜色，流露出一种生命难久、人生短暂的感慨，也揭示出新陈代谢的必然规律。虽只短短几句，却融情、理、景为一体，既有意境美，又富理趣美。

倘说歌德这首小诗景中寓理还较明显的话，那么不少这类作品内涵常更含蓄、深邃，需要读者去细细品味，慢慢发掘。

读诗如品画，中国人画龙讲究只画数鳞片爪，不见全身。古人读诗欣赏那种“文外之旨”，“其寄托在可言不可言之间，其指归在可解不可解之会。”这同法国诗人马拉美主张的“诗应当永远是个谜”有点不谋而合。这种强调艺术神秘性的见解，自然不适用于一切艺术，但对于某些哲理诗来说，倒有一定道理。如果采用一些含蓄曲折的方式半吞半吐、欲说还罢，像猜谜一般把谜底藏起，或者露一半藏一半让读者自己去揭开，那就会增添一种催人思考的乐趣。我们不妨来读读美国诗人弗洛斯特的《雪夜林边暂驻》：

这是谁的树林我想我清楚，

虽然他在那边村庄里面住。

他看不见我在这里停下来，
观赏白雪覆盖住他的林木。

我的小马一定是觉得奇怪，
在这一年最黑的一个黑夜，
在树林和封冻的湖泊之间，
停在近处不见农舍的野外。

他抖了一抖挽具上的铃串，
仿佛在问是否走错了路线，
仅有的音响只是轻风一阵，
和白絮般飘飘落下的雪片。

这树林可爱、阴暗，而且幽深，
但是我有约定的事要完成。
临睡前还要再赶几里路程。
临睡前还要再赶几里路程。

对这首诗，国外曾有许多种猜测和评析。要了解它的表层含义是不难的，人们可以把它看作是一首恋旧的抒情诗，可以想象到这片“树林”曾在诗人的心灵中刻下过深深的印记，铺满了无穷的回忆和眷恋。也许，他们曾在这里度过甜蜜的时光？也许，他们曾在这里分手？也许这树林曾标记着什么人生重要的里程？是友谊？是爱情？是怀旧？是感伤？……从抒情的层次，我们已可获得如许丰富的联想。

然而，这首诗更能打动人的其实不在抒情，而在于它蕴含的理趣。它似乎在告诫人们一种生活经验，提示一种时间观和生命观：“过去”的未必过去，“未来”的始于现在；“现在”虽难于摆脱“过去”，但它应着眼于“未来”。这在诗的最后一节说得比较明显。它使我们想起席勒的说理名诗《孔夫子的箴言》中谈到的时间：

时间的步伐有三种：
未来姗姗而来迟，
现在像箭一般飞逝，
过去永远静立不动。

当它缓行时，任怎样急躁，
也不能使它的步伐加速。
当它飞逝时，任怎样恐惧犹疑，
也不能使它的行程受阻。
任何后悔，任何魔术，
也不能使静止的移动一步。

你若要做一个聪明而幸福的人，
走完你的生命的路程，
你要对未来深谋远虑，
不要做你的行动的工具！
不要把飞逝的现在当作友人，
不要把静止的过去当作仇人！

结合弗洛斯特的《雪夜林边暂驻》，不妨对席勒的时间观提出补充、修正：“过去”并非“永远静立不动”，它常会来到“现在”；“现在”除了有像箭一般飞逝的一面，有时还会迟疑不决，不知定向；“未来”并非“姗姗而来迟”，有时，它只取决于“现在”刹那的决断。设想一下，《雪夜林边暂驻》的主人公，倘若因怀恋“过去”而径往“他家”走去，那么，他那已经“约定的”

要完成的事，他那前面的“路程”势必被耽搁，因“过去”而损“未来”的教训在我们人生中难道发生的还少吗？

当然，这只是我们读了《雪夜林边暂驻》的一点联想。每个读者依据自己的生活经验，可以生发出各种不同的联想，对这首诗做出不同的理解。但不管如何，弗洛斯特这首诗寓理于情、情中带理的特色大约是不会有异议的。钱锺书先生说“理之在诗，如水中盐、蜜中花，体匿性存，无痕有味”（《谈艺录》）指的大约就是这种情况了。

这类诗在外国诗中比例甚大，无论古典派、浪漫派、象征派、现代派都喜欢采用。像雪莱的《西风颂》，像泰戈尔的《游思集》中的篇章，像莱蒙托夫的《乞丐》，像瓦雷里的《石榴》，都在抒情写景、咏物中寄寓着某种哲理，给人以情、理、美三方面综合的享受。法国著名评论家丹纳曾说：“美能够把最高的结构建筑在真理之上是美的光荣。”以诗情的旋律来做哲理的表述，实在可以看作诗境的最高层次了。

外国诗中还有一类纯粹说理的。这类诗把“理语”直接写进诗中，按常规来说，它很容易枯燥无味，破坏诗的含蓄美。正像我国古人所说“理语不必入诗中”（潘德舆《养一斋诗话》），歌德也说过：“一个诗人需要一切的哲学，但在其作品中则必须把它避开。”然而，外国的这类诗中仍有不少耐读之作，这主要有两方面原因：

（一）所说的“理”新鲜、深刻、不落俗套，道出了人所未道之真理。雪莱曾说：“诗的语言揭示的是还没有任何人觉察的事物的关系，并使其为人永远不忘。”这番话对抒情诗未必合适，对说理诗却正中肯綮。我们来读读葡萄牙诗人卡蒙斯的《爱情是不见火焰的烈火》：

爱情是不见火焰的烈火，

爱情是不觉疼痛的创伤，

爱情是充满烦恼的喜悦，

爱情的痛苦，虽无疼痛却能使人昏厥。

…………

历来的爱情诗，或颂爱情之甜蜜，或诉失恋之痛苦，往往各执一端。而这首诗以一系列矛盾对立的逻辑、荒谬悖理式的言语，揭示出爱情的两面性，充满着辩证的、睿智的光彩，具有很强的说服力。这样的说理看似抽象却不空洞，因为它的内涵完全可以由读者用生活的阅历、经验去补充。

还有一种情况是诗中的“理”被高度概括，其底蕴未曾揭晓，需读者自己去思索、解答，因而也能引起人们的“趣”来。比如狄金森的《有两个可能》：

有两个可能

有一个必然

还有，一个应该。

无限的折中

是我愿！

这首诗如同一个哲学谜语，给人以无限的思考。它的答案既简单又复杂。说简单，似乎一看就明白；说复杂，它包含着人生的酸甜苦辣，是全部生活真理的浓缩。末句又饱含着诗人的情感和倾向，所以它同样具有“理趣”。此外，尼采、歌德、萨迪等诗人的一些近似格言警句式的说理诗，都属此类。

（二）用优美形象的语言和意象来说理。这类诗大多采用比喻、象征手法，把理语与诗语交织并现。比如勃朗宁夫人的十四行诗第十首：

不过，只要是爱，是爱，可就是美，
就值得你接受。你知道，爱就是火，
火总是光明的，不问着火的是庙堂
或是柴堆——是栋梁还是荆榛在燃烧，
火焰里总跳得出同样的光辉。
…………

这是以火喻情，反映出女诗人对爱情的炽烈赞美和民主、平等的爱情观，比喻贴切、激情饱满，很有感染力。西方的许多说理诗还常采用意象联用的比喻，称之为“博喻”，又称为“莎士比亚式比喻”，因为莎氏最爱用它。例如莎士比亚在《雅典人的泰门》中曾用一连串意象来咒骂黄金，把黄金比作“闪光的奴才”“全世界共同的娼妇”“刺杀国王的凶手”“豪华的奸夫”“战争之神”等一系列“恶魔”的代名词。这种手法往往说理充沛、气势夺人，又简洁灵活，形象鲜明。它是外国哲理诗中最爱用的手法，人们只需理会其中比喻、象征的含义即可读懂全诗，故这里不再详解。

哲学家论理需严谨、庄重，一丝不苟，按照逻辑思维的轨迹正步前进。诗人却最忌讳道学夫子式的论述，诗人说理讲求轻松活泼、机智风趣，沿着感性与理性合一的双重轨道，漫步徐行，谈笑风生。故而，幽默性是构成“理趣”的又一要素。其实，诗歌说理最相宜的是幽默。

幽默应具有三个要素，即机智性、宽容性和自信心。幽默是一种不卑不亢、真理在握的自信。恩格斯说，幽默是表明人们“对自己的事业具有信心，并表明自己占着优势”。英国哲学家霍布斯在《人类本性》中曾说：“笑的情感只是在见到旁人的弱点或是自己过去的弱点时，突然想到自己某优点所引起的‘突然的荣耀’的感觉。”这番话用来解释五花八门的笑固然并不恰当，用来说明幽默的笑倒有一定道理。这种优越感、荣耀感又往往采用一种宽松诙谐的语态来表述，故而幽默又是一种可贵的风度，颇有点“绅士”气派。请看裴多菲的《你爱的是春天》：

你爱的是春天，
我爱的是秋季，
秋季正和我相似，
春天却正像是你。

你的红红的脸，
是春天的玫瑰，
我的疲倦的眼光，
是秋天太阳的光辉。

假如我向前一步，
再跨一步向前，
那时，我就站到了
冬日的寒冷的门边。

可是，我假如退后一步，
你又跳一步向前，
哪，我们就一同住在
美丽的、热烈的夏天。

诗人明知自己同爱人年龄上差距较大，生怕对方会有顾虑，遭到拒绝，但又充满自信，于是采用了一个巧妙的比喻，以折中方法来解脱。全诗精练而喜气，充满幽默感，读后不禁令人发笑。

幽默又是一种宽容、豁达，一种与人为善的厚道。老舍认为幽默是种温和的心态：“幽默者的心是热的，讽刺家的心是冷的……幽默的人……既不呼号叫骂，看别人都不是东西，也不顾影自怜，看自己如一活宝贝。他自己看出人间的缺欠……他还承认人类的缺欠……他自己也非例外。”幽默者不是居高临下、盛气凌人地去指责对方，它有别于尖酸刻薄的讥讽、深恶痛绝的谩骂和严肃正经的批判，是一种委婉的讽喻、善意的戏谑、风趣的规劝、厚道的提醒。幽默对于对方的态度是温和宽厚、爱恶参半的。即使在表示批评时，也不会让对方感到过于难堪。德国美学家里普斯说，幽默“是一种在喜剧感被制约于崇高感的情况下产生的混合感情”。法国民间歌王贝朗瑞有一首叫《洛彩德》的诗歌，讲述爱不可强求又说不清因由的道理，明明是拒绝并批评一位贵妇人的求爱，却用幽默的笔墨去夸赞他过去的情人洛彩德，从而大大冲淡了拒爱的难堪性。我们不妨引出两段：

你的辉煌敏悟的才智，
也许很多人要用诗歌来赞美。
我对你说实话，并不感到惭愧：
洛彩德几乎不认识字。
要是她不知怎么说话，
爱情替她表达了思想。
呀！为什么我不能爱你，
像从前爱洛彩德一样？

她没有你那样美丽，
甚至她的心肠不如你柔软温存：
真的，她向那喜欢听她说话的情人，
转动秋波时也没有你那种蜜意柔情，
但是她使我真个销魂，

拿去了我怀念的青春。

呀！为什么我不能爱你，

像从前爱洛彩德一样？

一般来说，幽默比较符合西方人的性格。反之，中国人由于几千年来封建传统的束缚，往往温柔敦厚有余而诙谐风趣不足。鲁迅曾说：“所谓中国的‘幽默’是个难题，因‘幽默’本非中国的东西。”中国幽默说理的诗歌为数甚少，只在少数民歌和性格开朗的诗人（如苏轼）笔下，才能见到。

当然，哲理诗表现“理趣”的方式还有许多，读者尽可在这本诗集中慢慢寻找，细细体味，而不可急于求成。

许自强

目　录

Contents

莎士比亚（英国）

威廉·莎士比亚（William Shakespeare，1564—1616），文艺复兴时期英国最伟大的诗人和戏剧家。他一生写过154首十四行诗。他的十四行诗主要是赞美友谊、歌颂爱情或抒写诗人对真、善、美的看法和理想；风格清新、幽默，感情率真、活泼，具有浓郁的生活气息，并富于哲理性。

天上的太阳有瑕疵，何况人间

多少次我曾看见灿烂的朝阳，
用他那至尊的眼媚悦着山顶，[1]
金色的脸庞吻着青碧的草场，
把黯淡的溪水镀成一片黄金；
然后蓦地任那最卑贱的云彩[2]

---

[1] 至尊，至高无上，这里有神圣、庄严的意思。媚悦，愉悦地抚爱。这句意思是朝阳用他那庄严的目光，抚爱着山岗。

[2] 蓦地，突然。最卑贱的云彩，即下文的乌云，影射破坏诗人友情的坏人。

带着黑影驰过他神圣的霁颜，[1]
把他从这凄凉的世界藏起来，
偷移向西方去掩埋他的污点；
同样，我的太阳曾在一个清早[2]
带着辉煌的光华临照我前额；
但是唉！他只一刻是我的荣耀，
下界的乌云已把他和我遮隔。
我的爱却并不因此把他鄙贱，
天上的太阳有瑕疵，何况人间！[3]

梁宗岱　译

这是诗人同爱友的关系出现阴霾后所抒发的自解自慰之情。

这首诗通篇运用了比喻。前八句写自然界的太阳，描绘出一幅优美的风景画。诗人把他的爱友比作“灿烂的朝阳”，虽然把山顶、溪水和草场照得金碧辉煌（喻指曾给诗人带来过光明和欢乐），可是瞬息之间就被乌云掩没，暗示爱友对他的情谊并不长久就变卦了。后四句引入诗人“心中的太阳”。原来同天上的太阳一样，好景不长，也被乌云遮盖了，进一步点明了前八句暗喻的意思。最后两句尤为精彩，不仅把自然界的太阳和人间的太阳巧妙地联结在一起，使前后两部分天衣无缝地浑成一体，而且表达了一种出人意料的思想：对爱友的变心采取了豁达的宽容态度。这是因为诗人对其爱友有着深挚的爱；同时，诗人认为世上并没有十全十美的事物——“天

[1] 霁颜，风雨止息，云雾消散，天气放晴后的样子。
[2] 我的太阳，指诗人的爱友。
[3] 人间，指人间的太阳，即诗人的爱友。

上的太阳有瑕疵，何况人间！”自己的爱友即使有差错，也应当予以谅解。

莎士比亚的十四行诗，一般感情炽烈却并不失度，他善于以冷静的理性分析来节制自己的情感，故往往有一定的思想深度，带有某种哲理性，不但具有较强的说服力，还能发人深思。这首诗就有一定的代表性，即使在今天，仍有值得我们借鉴的地方。

许自强　赏析

美如果有真来点缀

呵，美如果有真来点缀，
它看起来就要更美多少倍！
玫瑰是美的，不过我们认为
使它更美的是它包含的香味。
从颜色的深度上看，没香味的蛆玫瑰
跟有香味的好玫瑰完全是一类，
蛆玫瑰自从被夏风吹开了蓓蕾，
也挂在枝头，也玩得如痴如醉：
但是它们的好处只在脸上，
它们活着没人爱，也没人敬仰
就各自灭亡。好玫瑰就不是这样，
死了还可以提炼出多少芬芳：
　　可爱的美少年，你的美一旦消亡，
　　我的诗就把你的真炼成奇香。

屠岸　译

这首抒情诗富有哲理性，它是一曲对真美的礼赞和对友情的颂歌。

诗一开头，就以掷地有声的金石语言写下了“美如果有真来点缀，它看起来就要更美多少倍”的主题。这两行诗是诗人从生活实践中获得的深切感受，也是诗人经由抽象概念的哲学思维所得到的理性认识。它告诉我们，一个人的内在美质是最可宝贵的，比起外表的美，它是高层次的美。一个人如果外表美而内在也美，那才是真美，才是具有崇高价值的美，这就是诗人的美学观。

诗人不限于说理，又以玫瑰作比，“玫瑰是美的”，然而“更美的是它包含的香味”，由颜色到香味，由表及里的观察，说明诗人所看重的是事物的内在本质。接下去，诗人又区分了没有香味的蛆玫瑰和有香味的好玫瑰的本质不同。蛆玫瑰“被夏风吹开了蓓蕾，也挂在枝头，也玩得如痴如醉”，这景象的确也很迷人，但它没有内在的美质（指香味），因而得不到人们的爱和敬仰，时间会使它自行灭亡。“好玫瑰就不是这样，死了还可以提炼出多少芬芳”，诗句的寓意十分清楚地道出了美将长存的关键。

在最后两行，诗人激情满怀地抒发了自己对爱友的深情和挚爱。诗人奉告他的朋友，如果朋友那有形的美一旦消亡，他将用他那纯美的诗歌吟颂爱友的美德，使之流芳后世。这与第 18 首的诗句“你在不朽的诗里与时同长”所表达的意思是一致的。

陈周方　赏析

布莱克（英国）

威廉·布莱克（William Blake，1757—1827），英国著名诗人，早期代表作有《天真之歌》（1783）和《经验之歌》（1794）。在诗歌艺术上，布莱克打破了18世纪古典主义的呆板教条，以清新的民歌体和奔放的无韵体来抒写理想和生活，充满热情和想象，开浪漫主义诗歌的先声。但布莱克笃信宗教，有些作品过多地运用神秘的象征手法，致有晦涩难懂的缺陷。

啊，向阳花

向阳花啊！你等得累了吧，
你计数着太阳的步伐；
你渴望甜蜜的、黄金的住处，
作为一生旅途的归宿。

青春在那里怀着热望而消亡，
苍白的圣女在雪里素裹红妆，
从她们的坟墓中急起追往
我的向阳花所向往的地方。

朱维之　译

《啊，向阳花》是布莱克写意诗歌中的一首名诗。它预言了人类社会的更新，表达了人类对美好理想社会的热烈追求和向往。诗里的"向阳花"是一切渴望美好理想社会的人类精神的象征。"你等得累了吧”，是对人生苦苦探求理想的悲苦心情的真实写照；“你计数着太阳的步伐；你渴望甜蜜的、黄金的住处”，是对人生理想的生动形象的带有象征意味的描画。这里的理想，带有抽象的空泛的性质，它代表了未来的光明和美好。

“青春在那里怀着热望而消亡”，这里的“青春”本来是个抽象的概念，诗人将它拟人化，变成具体可感的形象。

“苍白的圣女在雪里素裹红妆，从她们的坟墓中急起追往，我的向阳花所向往的地方”，这里的“圣女”含象征意蕴，是指那些随着时光流逝而夭折了的人们。他们虽然身死，但精神不死，从坟墓中还急起追往“向阳花所向往的地方”。可见人类对美好人生的追求是多么坚忍、执着。

这首小诗的特色是借物言志，借向阳花向太阳的特性，展开了奇妙的联想和对未来世界的神奇想象。前一节诗明快、坦露，后一节诗隐晦、深奥，有神秘色彩。但从全诗的中心思想看，是鲜明易懂的，即抒写诗人对人生美好理想的执着追求与向往。个人感受与大众的心灵是相通的，诗既反映了诗人自己的内心感受，又表现了人类对宏图的追求，蕴含着巨大的鼓舞力量。

陈周方　赏析

华兹华斯（英国）

威廉·华兹华斯（William Wordsworth，1770—1850），英国19世纪主要的浪漫主义诗人。他与骚塞、柯勒律治并称“湖畔诗人”，所作诗歌被称为“湖畔派诗”。他的作品对后世影响极大，以至于英国19世纪上半叶的诗歌史曾被称誉为“华兹华斯时代”，与下半叶的“丁尼生时代”前后辉映。

彩　虹

彩虹明天际，
一见心跃起。
此我幼年情，
成年心犹稚。
待我老年时，
寸心复如此。

倘若无感受，
何必老年死。
儿童成人父，
天真为终始。
愿我有生日，
日日当如是。

茅于美　译

歌颂大自然、歌颂童心是华兹华斯诗中常见的题材。《彩虹》更体现了他的“只有童心最能与大自然相通”的思想。他有一种哲学观点，即一日之内，清晨最美，白昼的光辉概由黎明之晨曦而来；人的一生，唯儿童时期最幸福，童心亦最美。成年人的淳朴善良品质，也是只有保持儿童天真未凿的无邪心情才具有的。他认为自然界现象成年人已司空见惯，所以视若无睹。可是在儿童眼睛里，自然界的现象，样样新鲜。他们怀着极大的好奇心，对这些现象编织出许多美丽的幻想。只有诗人能永葆童心，能从儿童角度欣赏自然。所谓诗人者，不失其赤子之心者也。这句话作为《彩虹》的哲学思想的诠释，是合适的。

短诗一开始就把读者引向通往大自然的玄妙境界中去了。诗人已经是成年人，可是天际的彩虹，使他一见就如触了电似的欢喜跳跃，以至心都要跳出来了。他猛然想起儿童时期见到彩虹的情景。于是他庆幸自己虽然早已成年（此诗写于 1802 年居住鸽庐时期，时年 32 岁），但童心未泯，居然能享受大自然给予人的美感乐趣，而忘怀一切。更进一步，他祝愿自己将来进入老年，也能保持与大自然的相合默契。他想，如果置身大自然中，对它的美好景观无动于衷、麻木不仁，那就白活到老了。

华兹华斯崇尚自然，认为欣赏自然之美的心情应该与生命相终始。此一短诗十分透彻地说明了这种思想。倡导自然、歌颂自然是 19 世纪浪漫主义诗歌的一个显著特征，华兹华斯实开其端。

茅于美　赏析

爱的光辉

楞诺斯荒岛上，僵卧着，寂然不动，
　　菲洛克忒忒斯像顽石雕像一般；[1]
　　不时有野鸟飞来和他做伴，
停在他身上，或飞上他的神弓，[2]
逗得他严峻的脸上也露出笑容，
　　收了泪，舒了一口气，由此而冲淡
　　他横遭放逐，远离心爱的家园，
远离英雄的事业[3]这种种苦痛。
要相信：灵慧的生物往往能平缓
　　我们的心智所不能疗救的悲辛；
在囚徒看来，小小爬虫的出现
　　也足以证明：巴士底监狱[4]再深，
　　也阻拦不了爱的光辉——尽管
　　人对自己的同类已毫无情分。

杨德豫　译

---

[1] 据希腊神话和《荷马史诗》，菲洛克忒忒斯原为墨利玻亚国王。他参加希腊人征讨特洛伊的战争，但在途经克律塞岛时被毒蛇咬伤，伤口经久不愈，化脓发臭，希腊人担心他留在军中会引起疫病，便把他遗弃在楞诺斯荒岛上。他在岛上独自苦熬了十年之久，后来又被希腊人接去参加特洛伊战争。

[2] 菲洛克忒忒斯百发百中的神弓是赫拉克勒斯临死时遗赠给他的。后来他用这张弓射死了特洛伊战争的祸首帕里斯。

[3] 英雄的事业，当指特洛伊战争。

[4] 巴士底监狱，14 至 18 世纪法国国家监狱，是封建专制制度的象征。1789 年 7 月 14 日巴黎人民起义，攻破巴士底监狱，从此开始了震撼全欧的法国大革命。

华兹华斯认为：宇宙本来是一个和谐的整体，人类和各种生物都是造化之子，本来可以和睦共居，互相亲近。这首十四行诗，以困在荒岛的菲洛克忒忒斯和狱中的囚徒做例证，说明飞鸟和爬虫都对人类怀有亲切的同情；相反，倒是在人类内部，人与人之间的同情心已丧失殆尽。第一至十三行都是正面铺陈，并引出一个哲理性的结论；末行陡然一转，冷峭中含有殷忧。我国近年来的一些作品，也曾描写苦难中的人们得之于某些动物的情谊，与华兹华斯异时异地，而感慨略同。

原诗每行五音步，译诗每行五顿。原诗韵式为 abba，abba，cdc，dcd，译诗依原诗（但译诗中的 b 与 c 同韵）。

杨德豫　赏析

柯勒律治（英国）

塞弥尔·柯勒律治（Samuel Coleridge，1772—1834），英国19世纪湖畔派诗人。他的《古舟子咏》《忽必烈汗》和《克利斯托贝尔》三首诗久为读者所传诵。他的盛名建立在极少数的诗作之上，与骚塞写了大量的诗却诗名不高，形成有趣的对比。他大胆开拓诗的疆土，重视精神因素。他的诗歌体裁新颖，音节节奏感很强。

柯勒律治还是个文学评论家，著有《文学传记》，在欧洲文学批评史上也享有很高地位。

在无望中工作

大自然中谁都在工作，蜗牛离开窝洞，
鸟儿们在飞翔，蜜蜂乱嗡嗡——
而那旷野地上休眠的寒冬
含笑的面庞带着春天的梦！
这时光的我，是唯一的悠闲者：
无须酿蜜，不用觅偶，不必造房或歌唱。

但我熟知紫苋开花在什么河岸，
但我也能追溯到神酒的泉源。
开花吧，紫苋啊！为他人而开吧。
不要为我开放！流走吧，饱满的甘泉，流走吧。
我徘徊漫步，嘴唇干枯，眉额光秃。
是什么蛊惑住我的灵魂，你可知晓？

在无望中工作，如同神酒在细筛中流掉。

没有目的的希望，哪能长存永葆？

茅于美　译

沮丧绝望的心情是很难描绘的，这首《在无望中工作》却独辟蹊径。诗人作为大自然冷漠的观赏者，对比生意盎然的万物和颓丧消极的个人，产生出奇制胜的效果。

诗的开始给我们描绘出大自然蓬蓬勃勃的景色。你看，一切都是喧闹的：蜗牛在地上蠕动，鸟儿在天空飞翔，蜜蜂在花丛嗡嗡作响。冬天过去了，休眠的地上呈露出春天的笑容。多么欢腾的世界啊。春光来临，动物植物都呈现一派生机。在这五彩缤纷的美好时节，人们也都喜气洋洋地编造各人美好的生活。

可是我呢？却是唯一的一个无事可做的大闲人。我无须谋生，无须觅偶，更无须营造我的安乐窝。因为我已没有追求，没有希望，心灵已如槁木死灰，生命之泉也已枯竭。所以美好的大自然，你照常运转吧。但你运转的目的是为了别人，而不是为我。因为假使这美景为我所设，那么就如同美酒琼浆从细细的筛子中白白流掉，将是毫无意义的虚设。

这诗抒发出一种无可奈何的情绪，并没有说出这颓唐的情绪缘何而来。有“眼枯见骨，天地无情”的意思，把个人在美景良辰当前，却更感孤清的心理状态写得入木三分，耐人寻味。

茅于美　赏析

拜伦（英国）

乔治·戈登·拜伦（George Gordon Byron，1788—1824），英国浪漫主义诗人。凭借《恰尔德·哈洛尔德游记》名扬诗坛。

拜伦的诗作在数量和类型上都很丰富，主要是长篇的诗体小说、诗剧、叙事诗等。他的一些政治抒情诗和讽刺诗里充溢着反抗的精神和磅礴的激情，闪烁着理想和战斗的光彩。拜伦的诗在欧洲、在全世界产生过深远影响。别林斯基称他为“高不可及的雄伟诗人”。

失眠人的太阳

呵，失眠人的太阳！忧郁的星！
有如泪珠，你射来抖颤的光明
只不过显现你逐不开的幽暗，
你多么像欢乐追忆在心坎！
“过去”，那往日的明辉也在闪烁，
但它微弱的光却没有一丝热；
“忧伤”尽在瞭望黑夜中的一线光明，
它清晰，却遥远；灿烂，但多么寒冷！

穆旦　译

这首诗颇有中国古典诗歌的韵味，每一个意象都含有双重乃至多重的含义。首句开头就带有相反相成的意趣，太阳原是光明的象征，然而这里的“太阳”却是指幽暗的星星，而且是“忧郁”的星！它只能属于长夜难眠、愁思缠绵的人，可见这种光明是多么可怜。

但既是“太阳”，总会有一点温暖和光明。这样，诗的一开头就告诉我们这首歌里回荡着忧和喜两种旋律，尽管“忧”是浓重的、实在的，而“喜”是微弱的、虚幻的。

其实，“太阳”同“星”在这里都是一种比喻，是诗人对欢乐的往昔和失去的恋人的感怀。所以下面的诗行都是以星喻人。由星星闪烁不定的微光，想起恋人美丽深情又满含泪光的眼睛；由星星周围浓密的黑夜，想到恋人那哀伤的面容；从星星那抖颤的光亮，想到往昔欢乐的影子。“追忆”给诗人带来一丝慰藉。然而，这些微弱的暖意毕竟太少，太渺茫了。诗的结尾，诗人似乎把自己人格化为“忧伤”，它在祈求着暗夜中的一线光明，怀念着欢乐的过去，这“过去”对诗人来说是“清晰”的，记忆犹新的，也是“灿烂”的，幸福美好的。可惜的是一切已经结束，它们离现实是那样遥远而寒冷，早已是可望而不可即的了。

在这首诗里，诗人抓住了寒星同失去的欢乐的共同点，使景和情巧妙地融合为一，创造出诗意浓郁的悲剧性意境，使人生发无穷的联想。有的地方使人可以想得更远、更深。比如那“逐不开的幽暗”，既可喻恋人的表情，也可联想到墓穴，乃至现实中种种黑暗势力，给人以强烈的压抑感。

这首诗选自《希伯来歌曲》，写于1814—1815年之间，诗中流露出来的凄凉孤独的心境，可能同他恋情上的失意有关，也曲折地反映了当时欧洲民族解放运动遭受挫折后，诗人内心的矛盾和苦闷。

许自强　赏析

雪莱（英国）

泼西·毕希·雪莱（Percy Bysshe Shelley，1792—1822），世界文学史上极少数最杰出的抒情诗人之一。雪莱抒情诗的魅力，不仅在于形象生动，语言清新，音韵优美，感情真挚而充沛，更在于总是闪耀着一种崇高的思想的光辉。他还是他那个时代的先进思想家和斗士。代表作有《西风颂》《云》和《致云雀》等。

西风颂[1]

1

哦，犷野的西风，你秋之实体的气息！[2]
由于你无形无影的出现，万木萧疏，
似鬼魅逃避驱魔巫师，蔫黄，魆黑，

苍白，潮红，疫疠摧残的落叶无数，
四散飘舞；哦，你又把有翅的种子[3]
凌空运送到他们阴暗的越冬床圃；

仿佛是一具具僵卧在坟墓里的尸体，

[1] 这首诗构思在佛罗伦萨附近阿诺河畔的一片树林里，主要部分也在那里写成。那一天，孕育着一场暴风雨的暖和而又令人振奋的大风集合着常常倾泻下滂沱秋雨的云霭。不出所料，雨从日落下起，狂风暴雨里夹带着冰雹，并且伴有阿尔卑斯山南地区所特有的气势宏伟的电闪雷鸣。（雪莱原注）

[2] 秋之实体，原文Autumn's being，指秋的存在、秋的生命、秋的实质、秋的本体。

[3] 有翅的种子，Winged seeds，指种皮外展如翼、靠风力传播远方的种子。

他们将分别蛰伏，冷落而又凄凉，
直到阳春你蔚蓝的姐妹[1]向梦中的大地

吹响她嘹亮的号角（如同牧放群羊，
驱送香甜的花蕾到空气中觅食就饮）
给高山平原注满生命的色彩和芬芳。

不羁的精灵，你啊，你到处运行；
你破坏，你也保存，[2]听，哦，听！

2

在你的川流上，在骚动的高空，
纷乱的乌云，那雨和电的天使，
正像大地凋零枯败的落叶无穷，

挣脱天空和海洋交错缠接的柯枝，[3]
漂流奔泻；在你清虚的波涛表面，
似梅娜德头上扬起的蓬勃青丝，[4]

从那茫茫一片地平线阴暗的边缘
直到苍穹的绝顶，到处都散布着
迫近的暴风雨飘摇翻腾的发卷。

你啊垂死残年的挽歌，四合的夜幕

---

[1] 蔚蓝的姐妹，指春天清新明净的东风。

[2] 你破坏，你也保存，原文Destroyer and preserver，译文改变了词性，突出了动和力。

[3] 海天之间乱云飞渡，被比作落叶飘舞，似乎也从某种想象中的交错缠接的柯枝上挣脱。

[4] 梅娜德，Maenad，据希腊神话，为酒神狄俄尼索斯的女伴之一，在雅典博物馆珍藏的古画上，梅娜德有怒发披散的形象。

在你聚集的全部水汽威力支撑下，
将构成他那庞大墓穴的拱形顶部。

从你那雄浑磅礴的氛围，将迸发
黑色的雨、火、冰雹；哦，听啊！

3

你，哦，是你把蓝色的地中海
从梦中唤醒，他在一整个夏天
都酣睡在贝伊湾一座浮石岛外，[1]

被澄澈的流水喧哗声催送入眠，
梦见了古代的楼台、塔堡和宫闱，
在强烈汹涌的波光里不住地抖颤，

全都长满了蔚蓝色苔藓和花卉，
馨香馥郁，如醉的知觉难以描摹。
哦，为了给你让路，大西洋水

豁然开裂，而在浩渺波澜深处，
海底花藻和枝叶无汁的淤泥丛林，
哦，由于把你的呼啸声辨认出，

一时都惨然变色，胆怵心惊，
战栗着自行凋落；听，哦，听！[2]

---

[1] 贝伊湾，意大利那不勒斯附近一处海湾。浮石岛，由火山熔岩形成，浮石亦称轻石。

[2] 第三节结尾处所提到的那种现象，博物学家是十分熟悉的。海洋、河流和湖泊底部的水生植物，像陆地植物一样，对季节变换有相同的反应，因而也受宣告这种变换的风的影响。（雪莱原注）

4

我若是一朵轻捷的浮云能随你同飞，
我若是一片落叶，你所能提携，
我若是一头波浪能喘息于你的神威，

分享你雄强的脉搏，自由不羁，
仅次于，哦，仅次于不可控制的你；
我若能像在少年时，作为伴侣，

随你同游天际，因为在那时节，
似乎超越你天界的神速也不为奇迹；
我也就不至于像现在这样急切，

向你苦苦祈求。哦，快把我飏起，
就像你飏起波浪、浮云、落叶！
我倾覆于人生的荆棘！我在流血！

岁月的重负压制着的这一个太像你，[1]
像你一样，骄傲，不驯，而且敏捷。

5

像你以森林演奏，请也以我为琴，
哪怕我的叶片也像森林的一样凋谢！
你那非凡和谐的慷慨激越之情，

定能从森林和我同奏出深沉的秋乐，
悲怆却又甘洌。但愿你勇猛的精灵

[1] 岁月的重负，指陈旧腐朽的习惯势力和反动的统治和宗教。这一个，诗人自指。

竟是我的魂魄，我能成为剽悍的你！

请把我枯萎的思绪播送宇宙，[1]
就像你驱遣落叶催促新的生命，
请凭借我这韵文写就的符咒，

就像从未灭的余烬飏出炉灰和火星，
把我的话语传遍天地间万户千家，
通过我的嘴唇，向沉睡未醒的人境，

让预言的号角奏鸣！哦，风啊，
如果冬天来了，春天还会远吗？

江枫　译

《西风颂》是雪莱抒情诗的登峰造极之作，世界文学宝库中一颗永放光辉的明珠，称得上永远洋溢着智慧和美感的不竭源泉。

《西风颂》写于 1819 年秋天。这一年的 8 月 16 日，曼彻斯特约有八万工人在争取普遍平等的选举权的旗帜下，集合起来举行大会，英国政府以武力镇压，有十五人被打死，四百人负伤，许多游行示威者被捕。消息传来，被迫漂泊在意大利的雪莱极为悲愤，他在 9 月 6 日的一封信中写道："接到曼彻斯特事件的消息，我周身的血愤怒沸腾。"一天，郊游于比萨城外阿诺河畔一处森林，忽遇劲风大作，在落叶飘舞、乌云翻卷、暴雨将至的大自然宏伟景色触

[1] 枯萎的思绪，原文 dead thoughts，但不能译作死亡的思想，因为雪莱以落叶相比：树叶由于得不到水分和养料而凋落，雪莱的思想由于得不到包括他自己父亲在内的社会的理解、同情和支持而失去生机，却不是死亡。dead 本身自有不能发挥作用、不能生效的含义。

发下，积蓄已久的激情奔涌如泻，在森林中他就构思并写出了《西风颂》的大部分，随后又在电闪雷鸣、夹带着冰雹的滂沱秋雨声中，续成全篇。

雪莱向来以创新的态度对待传统格律，总是依照抒写的对象和内容选择或设计相应的形式。《西风颂》全篇共分五大节，每一大节是一首十四行诗。这是一种从但丁式三联韵体发展成的十四行诗，前十二行的韵式是aba，bcb，cdc，ded，仿佛风浪的波动连绵起伏；结尾两行的韵脚ee，正好和十二行中一个小小的波峰相应。每行五音步，抑扬格与扬抑格兼用，节奏快捷而多变化。五节十四行，都可以独立成篇而又连贯有序，前呼后应、层层推进，形成一个艺术整体。全诗用词庄严而生动，基调激昂奔放而间有悱恻低吟，遣词造句极重视其音乐性，其第一节的第一行，便以巧妙使用模拟劲风呼啸之声的头韵而成为英诗名句：

O wild West Wind,thou breath of Autumn's being!

哦，犷野的西风，你秋之实体的气息！

第一节，一起首寥寥几行就写出了肃杀秋风，气势磅礴，所到之处，万木萧疏：横扫落叶有如巫师驱魔，同时又把种子送入越冬的床圃。而在种子入土仿佛僵卧处，随着联想之链从生命的载体引向生命，惨淡悲凉的画面展现出一派春色：

你蔚蓝的姐妹向梦中的大地
吹响她嘹亮的号角（如同牧放群羊，
驱送香甜的花蕾到空气中觅食就饮）
给高山平原注满生命的色彩和芬芳。

前后对比强烈，过渡突兀而又自然，从阴暗的现实眺望明媚前景，令人振奋。诗人在最后两行指出：“不羁的精灵，你啊，你到处运行；你破坏，你也保存！”这就是希望。而“你”，显然既指大自然中的强劲西风，也象征人类社会的变革之风。

第二节，场景是万里云天。高空如地面，西风所至，乱云纷飞一如落叶。到处都是电和雨的天使，到处都是骚动和危机：

> 从那茫茫一片地平线阴暗的边缘
> 直到苍穹的绝顶，到处都散布着
> 迫近的暴风雨飘摇翻腾的发卷。

同样，在阴暗的天空，诗人也看到了希望。他理解，西风是“垂死残年的挽歌”，黑暗的残年将在必然迸发的“黑色的雨、火、冰雹”之中埋葬。

第三节，视线转向海洋，海洋也避不开西风。西风驾临地中海，惊破了地中海的长夏美梦，当他正在梦着“古代的楼台、塔堡和宫闱”时，西风到达大西洋：

> 哦，为了给你让路，大西洋水
> 豁然开裂，而在浩渺波澜深处，
> 海底花藻和枝叶无汁的淤泥丛林，
> 哦，由于把你的呼啸声辨认出，
> 一时都惨然变色，胆怵心惊……

变革之风在海底深处也一定引起强烈的反应。雪莱曾对此特别加以科学论证：“海洋、河流和湖泊底部的水生植物，和陆地的植物一样，对季节的变换有相同的反应，因而也受宣告这种变换的风的影响。”

第四节，在陆地、天空、海洋三组镜头叠印的画面上，“我”出现了：“我倾覆于人生的荆棘！我在流血！”，而且被“岁月的重负压制着”。画外音是“我”的祈求独白：

> 我若是一朵轻捷的浮云能随你同飞，
> 我若是一片落叶，你所能提携，

我若是一头波浪能喘息于你的神威，
分享你雄强的脉搏，自由不羁，
仅次于，哦，仅次于不可控制的你，
……哦，快把我飏起，
就像你飏起波浪、浮云、落叶！

这是诗人面对西风心潮澎湃的倾诉，也是诗人宣告顺应西风的召唤，接受西风的启示和鼓舞，急于投身变革事业的宣言和誓愿。

第五节是高潮，也是全诗的精华，似乎前四节都不过是第五节的铺垫。

诗人继续祈求，他的祈求本身体现了一个有着强烈社会使命感的革命诗人勇于投入战斗和无私奉献的精神：

像你以森林演奏，请也以我为琴，
哪怕我的叶片也像森林的一样凋谢！

雪莱认为诗人应该是为人类追求解放和谋求幸福而奋斗的战士，是敏于预见的预言家。在这里，他以竖琴自比，而通篇都是这竖琴在时代的西风震荡下发出的慷慨激越的琴声。这琴声中的最强音正是振聋发聩的最后一行预言：

If Winter comes, can Spring be far behind?
如果冬天来了，春天还会远吗？

朴素的语言，说出了一个朴素的真理。

这里，正是他深刻领悟的必然规律在支持着他那昂扬的革命乐观主义，使他从黑暗看到光明，从腐朽看到生机，对人类美好未来充满信心。这诗句曾经鼓舞着无数人为实现光辉的理想而奋斗前行。

江枫　赏析

宇宙流浪者

告诉我，星星，你用明光的羽翼
奔赶你火焰似的航程，匆匆飞行，[1]
在夜的什么样的洞穴里，
你将收敛你的羽翎？

告诉我，月亮，你面色苍白阴暗，
无休无止的天国之路的巡礼香客，[2]
在夜的或白昼的什么样的深渊
把安息的场所寻觅？

疲惫的风，像是宇宙不容的逐客，
到处游荡，到处流浪，
你是否也还有个隐秘的巢穴
在海上或是在树上？

江枫　译

雪莱的战斗生活是英勇的，他对光明的不倦追求如同在黑暗中点燃起理想的火光，给人以鼓舞。但这火光毕竟朦胧飘忽，在漫漫长夜中微弱不定；他又一直是单枪匹马、孤军奋战，不免深感孤独、寂寞。因此对理想的执着、对现实的失望和对前途的渺茫感，常常在雪莱的诗中交织出现。正如《明天》所说：

[1] 这句意思是像一团火焰似的飞行着，奔赴航程。
[2] 天国之路永无尽头，这里的香客自然永远找不到朝拜的目标。

你在何处，我们所恋慕的明天？

　不论老少，贫富，衰弱或强健，

我们总是透过欢乐，透过忧烦，

　无休止地寻觅着你的笑颜——

但是在你的位置上，啊，可怜，

找到的总是我们所逃避的，今天。

这首《宇宙流浪者》的基调也是如此，只是表现得更加深沉、苍凉，伤感色彩更浓而已。

诗人以夜空的星星、苍白的月亮、疲惫的风自喻。虽然为寻求理想，白天黑夜不断地匆匆奔赶，但漫长的旅程，无休无止，谁也不知道何处是可以安息的终点，因而流露出惆怅、失望的悲哀情绪。这诗其实也可看作诗人一生的写照。雪莱颠簸坎坷，远离祖国，过着浪迹天涯的放逐生活；理想渺茫，壮志未酬，确实是个黑暗世界中的“流浪者”。诗句的结尾仿佛预言了诗人的不幸结局：两年后在“海上”，他终于找到了“隐秘的巢穴”，长眠于大海风暴之中了。

许自强　赏析

济慈（英国）

约翰·济慈（John Keats，1795—1821），英国19世纪杰出的浪漫主义诗人，和拜伦、雪莱并称于世。

济慈善于描写自然景物，以具体的、可感受的形象来抒写抽象的感情和意念。他的《希腊古瓮颂》《夜莺颂》《秋颂》等，历来受到人们的称颂，为世界文学宝库增添了光彩。

哦，孤独

哦，孤独！假若我和你必须
　同住，可别在这层叠的一片
灰色建筑里，让我们爬上山，
　到大自然的观测台去，从那里——
山谷、晶亮的河，锦簇的草坡。
　看来只是一拃；让我守着你
在枝叶荫蔽下，看跳纵的鹿麋
　把指顶花盅里的蜜蜂惊吓。
不过，虽然我喜欢和你赏玩
　这些景色，我的心灵更乐于
和纯洁的心灵（她的言语
　是优美情思的表象）亲切会谈；
因为我相信，人的至高的乐趣
　是一对心灵避入你的港湾。

穆旦　译

诗人早在童年与少年时代就饱尝了生活的艰辛与孤独之苦——父母的早逝，自身的体弱多病，夺去了他作为孩子所迫切需要的爱与欢乐。但对爱与美的不倦追求，使他在噩运中仍充满着美好的向往和乐观的信念。他爱自然，更爱人类，他向往大自然的壮美，更向往纯洁的爱情。这首最初发表的小诗，诗题为《孤独》，而题旨却是追求爱与美，这独具匠心的构思显示了诗人浪漫主义创作特色。

在诗人笔下，孤独被人格化了。从小缺少温暖、与孤独相伴而又敏感的诗人是多么害怕孤独啊！但现实中孤独成了他的常客，为了从这种境遇中解脱，只有离开"层叠的一片灰色建筑里"，而投身于大自然的怀抱：幽深的山谷，晶莹清澈的小河，花草繁茂、锦簇如毯的草坡。在自然的观测台上，眼前的景物美好，既有俯视山下，只有"一拃"的立体式画面，又有鹿麋跳纵、蜜蜂惊飞这动感极强的特写镜头。这些充满生机、充满希望的景物使得诗人心胸为之开阔，给诗人带来了欢愉，然而他更希冀能与相爱的人单独在一起倾诉衷肠，"人的至高的乐趣，是一对心灵避入你的港湾"，天真、朴素的诗句表达了诗人的追求。

诗中对自然的热爱，对爱情的向往，传达出人们的共同感受，写得清新活泼，富有情趣。

彩娜　赏析

蝈蝈和蟋蟀

从不间断的是大地的诗歌：
　当鸟儿疲于炎热的太阳
在树荫里沉默，在草地上
　就另有种声音从篱笆飘过；

那是蝈蝈的歌声，它急于
　享受夏日的盛宴的喜悦
唱个不停；而等他需要停歇，
　就在青草丛里稍稍憩息。
呵，大地的诗歌从不间断：
　在孤寂的冬夜，当冰霜冻结，
四周静悄悄，炉边就响起了
　蟋蟀的歌声，而室中的温暖
使人昏昏欲睡，我们会感觉
　仿佛是蝈蝈在山坡上鸣叫。

穆旦　译

这是济慈早期创作的一首小诗。

诗人以细致的观察和巧妙的构思，借咏蝈蝈、蟋蟀吟唱了“大地的诗歌从不间断”这富有哲理性的主题。

诗中没有按顺序来写一年四季，而是选择了酷夏、严冬这四季中难熬的两个季节。即使这样的时日，自然界中的蝈蝈、蟋蟀依然交替歌唱，由此不难想见，春、秋两季百鸟争鸣、千虫欢唱的黄金时节的情景。这样明写夏、冬两季，实在暗书春、秋。诗人揭示了一年四季大自然歌声不绝的规律，写出了诗人对生命运行不息和自然间永恒的美的感受。

夏日的郊野——那草地、篱笆和浓荫，冬季的室内——冬夜令人昏昏欲睡的温暖的炉边，把人自然引入静谧安详的境界。这时传来蝈蝈和蟋蟀的声音，更衬托出环境的幽静，收到了以动衬静的效果，能唤起人的亲切回忆。而冬夜室内的温暖似又使诗人回到了“蝈蝈在山坡上鸣叫”的夏日，这虚实结合的手法确给人以无限遐想。

全诗明写暗书，动静相衬，实虚结合，赞颂大自然周而复始、生命不息的永恒的美这一主题，轻松、自然、明朗、欢快。

彩娜　赏析

勃朗宁（英国）

罗伯特·勃朗宁（Robert Browning，1812—1889），是19世纪英国与丁尼生齐名的著名诗人。勃朗宁特别擅长写抒情短诗，以首创“戏剧独白”体裁而闻名于世，对现代诗产生了重要影响。他的代表作是诗集《登场人物》（1864）和二万余行的无韵长诗《指环与书》（1868—1869）。

至　善

岁月的全部馨香和芳菲都在一只蜜蜂的袋里，
　　矿藏的全部美妙和富裕都在一块宝石的心里，
在一颗珍珠的核里有着大海的全部阴阳。
　　馨香和芳菲，阴和阳，美妙，富裕，
　　　　　　以及——远远超过它们的——
　　　比宝石更光辉的真诚，
　　　比珍珠更纯洁的信任，——
宇宙间最光辉的真诚，最纯洁的信任——
　　　一切对我来说，
都在一个姑娘的吻里——

阮坤　译

诗人的爱情生活是严肃和崇高的，诗人的爱情诗也是纯洁无瑕的。

《至善》是一首很别致的情歌。它是一个初恋男子对崇高感情与纯洁道德追求的独白。诗人凭借着丰富的想象，借用“蜂袋”“宝石”“珍珠”这些常见的事物做譬喻，饱满而浓缩的意象寓含着深刻的哲理。这些具体的物象，象征着人们赖以生存的最宝贵的东西：劳动与富裕。开头三行，通过平凡的意象，为主题的展开做了铺垫。第四行以后，笔锋一转，进入了诗人所要表现的思想与哲理。从具体的“馨香和芳菲……”，引出了抽象名词“真诚”与“信任”。“真诚”与“信任”是人际交往中最高的精神品质，它们要比“宝石更光辉”，比“珍珠更纯洁”。从具象到抽象，从物质到精神，它比第一层含义推进了一大步。然而对于后面的诗行来说，它仍然是个铺垫。最后三行才是诗的高潮，“一个姑娘的吻”，是真诚，是信任，更是爱情。诗人认为生活中没有比爱情更美好的东西了。这样，全诗把劳动、富裕——真诚、信任——爱情形成一个宝塔式的构架，一层比一层高，最终道出了诗人对于真挚爱情的由衷赞美。这首情诗写得情真意切，层层深入，跌宕多姿；戛然而止的结尾是那样的干净利索，饶有情趣。

施荣华　赏析

哈代（英国）

托马斯·哈代（Thomas Hardy，1840—1928），英国著名小说家、诗人。其代表作《德伯家的苔丝》（1891）和《无名的裘德》（1895）具有深刻的社会意义，为英国文学史上的不朽之作。

哈代的诗比较平易简洁，往往融进作者的生活体验和遭遇，并带有一定的哲理性。诗的内容十分丰富，大而宇宙之主宰，小而一草一虫，作者用诗来表述自己对世界、人生的看法。哈代晚年享受到英国人最高的推崇。

插曲终结

　咱们别再沉溺
这苦乐参半的把戏，
让爱情之光最后一次
　照着我和你。

　把咱们系在一起的东西
将不会留下任何痕迹，
咱们往日幽会之地
　会同从前一样沉寂。

　盛开的百花，芬芳的空气，
今后会不会把我们惦记？
昆虫会不会压低嗡嗡叫声，
　发觉那儿不再是咱们出没之地？

尽管咱们曾经山盟海誓，
也曾有过欢乐和欣喜；
可是欢欣一旦达到尽头，
极乐就会变为悲戚。

心情沉痛，但别唉声叹气，
强作欢颜，默默忍受痛苦：
爱情之路坎坷崎岖，
远远超过乱石间的小径。

蓝人哲　译

《插曲终结》是哈代1909年出版的诗集《时光的笑柄》中的一首爱情诗，抒发了诗人遭受到感情破裂时的痛楚心情，从个人的直觉中感受到“爱情之路坎坷崎岖，远远超过乱石间的小径”。这个富有人生哲理的中心主题贯穿于整首诗中。

全诗由五节诗组成，每节诗又由四个长短不齐的诗行构成。

第一节诗以明白晓畅的语言直抒胸臆，诗人在爱情中感受到的不是神圣、幸福，值得人去珍视的感情，而是“苦乐参半的把戏”。因此提出“最后一次”让爱情之光照着你我的问题。这是诗人经历了“苦乐参半的把戏”之后所做的抉择。这个抉择展现出诗人的个性不是委曲求全，不是祈求、呻吟，而是追求真正的爱情的勇气和决心。

第二、三两节，诗人展开了丰富的联想。诗人与恋人绝交，联想到过去的一切，“将不会留下任何痕迹”，“往日幽会之地”，会同从前没有发生爱情关系“一样沉寂”。尽管决心已经下定，但笔端不无依恋之情，表面写的是对“百花”“空气”“昆虫”“叫声”

等自然界美好事物的感受，实则表露了诗人在与恋人分手时不无怀想和依恋之情。

第四节，“欢欣一旦达到尽头，极乐就会变为悲戚”，这两句诗既是诗人的切身感受，又是人类在感情领域中的通感，极富于哲理性。

最末一个诗节，诗人与恋人分手，虽出于自愿，但心情沉郁，为掩饰内心的痛苦，强作欢乐的样子。诗人从自身经验中体会到：“爱情之路坎坷崎岖，远远超过乱石间的小径。”这是诗人的亲身感受，又带有普遍意义，具有客观的真理性。

这首诗出版时，诗人已五十一岁，哈代对人生的苦乐有了深刻体会。此诗虽短，却不乏名言警句，内含不少哲理性的诗句，发人深思，耐人寻味。

陈周方　赏析

疲惫的行人

我前面是一片平原
　平原上有条路
朝前。开阔的旷野，
　辽远的道路！

翻过一个又一个山头，
　可是这条路
还往前伸。也许再没有
　山头来挡路？

噢！越过第三个山头，

仍见这条路
继续爬向远方——
灰白狭窄的路！

天空仿佛要切断它。
可是不成！路
又从山的背脊转下，
永远走不完的路！

蓝人哲　译

《疲惫的行人》是哈代1925年出版的诗集《人生小景》中一首富有人生哲理的抒情诗。贯穿全诗的中心是一条永远也走不完的路。诗歌形象是行走在漫长的人生道路上的“疲惫的行人”，这个“疲惫的行人”正是诗人哈代自己的生动写照。

这首诗由四个诗节组成，在我们眼前展现了一幅清晰的画面。在平原和山头上出现一条永远走不完的路和一个精疲力竭的行人。四节诗分别写出了“我”不同层次的心理感受。

第一节诗表现“我”起初走在人生道路上，感受到旷野的开阔、道路的遥远，但还没有厌倦的感觉。

第二节诗表现“我”越过人生旅途上的一个又一个山头，虽然有了疲累的感觉，但还充满希望，还在人生道路上往前走着。

第三节诗表现“我”越过人生旅途上的又一个山头，而路还没有尽头，觉得人生道路是那样的灰白而又狭窄，疲累和厌倦的感觉加深了。

第四节诗表现“我”经过漫长的人生旅程，疲惫不堪，希望有种超自然的力量把道路切断，“可是不成！路又从山的背脊转下”。

疲惫的旅人终于发出了“永远走不完的路”的慨叹。

这首诗是哈代晚年的作品，那时诗人已年近古稀，经历了漫长的人生旅程，经受了出版长篇小说《德伯家的苔丝》和《无名的裘德》而招致的诽谤和攻击；又经受了前妻爱玛突然去世的打击；还经受了《威塞克斯诗集》出版而受到的嘲讽和诋毁，长途跋涉于人生旅途的诗人确有疲惫之感。但从全诗的意境看，行人虽感疲惫，却并未停下步来，仍然在人生途中向前迈步走去。这其实是诗人自我的写真。

这首诗的情调低沉、哀伤，这是由于哈代的个人经历坎坷和受自然法则决定论的影响，始终有着排解不开的忧郁、悲观情绪，但这首诗在抑郁中却不乏坚忍和奋进的精神。从全诗看，感情真切，语言朴实清新，富于哲理性。

哈代是英国19世纪末20世纪初的伟大诗人，在英诗发展史上起着承前启后的作用，现代的名诗人如罗伯特·弗洛斯特、埃兹拉·庞德等高度评价哈代的诗。唐纳德·戴维在《哈代与英国诗歌》一书中称哈代为现代英国诗歌中本质因素的开创者和维护人。

陈周方　赏析

叶芝（英国）

威廉·巴特勒·叶芝（William Butler Yeats，1865—1939），爱尔兰诗人、剧作家。叶芝是爱尔兰文艺复兴运动的领导人之一，是后期象征主义诗人在英国的主要代表。

叶芝诗歌的成熟时期是他的晚年，即二十世纪二三十年代。他这一时期的诗含有现实主义、象征主义、哲理诗三种因素，特别是抒情诗，运用洗练的口语和含义复杂的象征手法，以富有质感的形象来表达抽象的道理，达到较高的艺术境地，对现代英国诗歌的发展产生过重大影响。

疯女简和主教谈话[1]

我在大路上遇到了主教，
他和我谈了又谈。
“这对乳房已松弛下陷，
那血管很快会枯干，
到天堂的高院大宅去住，
别去那肮脏的猪栏。”

“美与丑本来是一对近亲，
美需要丑”，我大声叫道，
“朋友们散了，这个真理

[1] 作于1933年。此诗极言美与丑、灵与肉之不可分离。

坟墓，床榻否定不了，
懂得它，要靠肉体下贱，[1]
要靠心灵高傲。”

“妇人会变得高傲倔强
当她对谁动了情，
爱情却筑起她的殿堂
在排污泄浊之境；
啥也不会独立或完整，
除非已开缝裂纹。”

袁可嘉　译

叶芝晚年的诗风又恢复了前期雄辩、豪放、粗犷、质朴的特色。他的思想也多少摆脱了20世纪20年代片面追求理性、否定情欲、歌颂艺术、脱离现实的倾向，表现出较为客观的辩证思想。在这首诗中可以窥其一斑。

这首诗写于1933年，选自组诗《疯女简》之中。它假借疯女简同主教对话，表达诗人自己的观点。对话争论的焦点集中于美与丑、灵与肉、生与死的关系上。第一节主教代表宗教传统的观念，告诉简：要想摆脱年老变丑的处境，要想脱离“肮脏的猪栏”（指世俗人间），就必须赶快到“天堂”去，即让肉体死去，让灵魂升天。二、三节是疯女简的回答。她认为美和丑、灵与肉、生与死是不可分开的：美丑是近亲，生与死如同“床榻”“坟墓”，是人的两个不同归宿，而“肉”的下贱与“灵”的高傲也并不矛盾。第三节更

[1]　这是说人有生死离合，坟墓、床榻只证明这是个真理。也可从肉体不可持久而明之。

进一步提出了三组对立统一的命题：妇女的柔弱，可以变得坚强；爱情是美丽的，却离不开情欲的丑陋一面；事物的完美都建立在不完美的基础上。这些观点应当说基本上是正确的，符合辩证法的对立统一规律。肉体消失了，灵魂无所寄托；没有灵魂，肉体徒成躯壳。记得西方一位研究爱情的心理学家曾说过：在爱情中美和丑是结合的，人的生殖器官是最丑陋的，但有时又是最美丽的。雨果对美丑也曾有过精辟的论述："万物中的一切并非都是合乎人情的美，感觉到丑就在美的旁边，畸形靠近着优美，粗俗藏在崇高的背后，恶与善并存，黑暗与光明相共。"（《〈克伦威尔〉序》）这同叶芝的思想是相近的。自然，作为诗的表现，不能要求它的表达像理论那样严密、准确，何况叶芝的辩证法还带有机械的、形而上学的一面。例如诗中关于"肉体下贱"与"心灵高傲"，"啥也不会独立或完整，除非已开缝裂纹"等说法，就有很大的片面性。

本诗的艺术构思很有特色，它以轻松随便的"路上"对话，讲述严肃深刻的、富于哲理性的课题，可谓寓庄于谐。语言极其粗俗、浅显，带有幽默的调侃色彩，近似于民间歌谣。尤其是疯女简的答话，鲜明地体现出"疯女"的个性，使人如闻其声，如见其人。

据作者自述，疯女简的形象是有生活原型的，是根据一个说话无所顾忌、好酗酒的村庄老妇塑造成的。书中确实可以看到这个原型的某些影子。不过，我们不必拘泥于此，因为诗中的"疯女"只是表面有点疯，其实她是清醒的，她一方面有自己的性格，同时在一定程度上，她又是诗人灵魂的寄托，扮演了诗人的"代言人"角色，是诗人的一个"面具"而已。这正是叶芝"面具理论"的成功体现。

许自强　赏析

艾略特（英国）

托马斯·史登斯·艾略特（Thomas Stearns Eliot，1888—1965），英国诗人、批评家。他是后期象征主义的重要代表，在现代英美诗坛上曾产生过极其重大的影响。1948年因革新现代诗，作为功绩卓著的先驱而获得诺贝尔文学奖。

艾略特于1922年发表的《荒原》被誉为现代诗歌的里程碑，是西方20世纪现代派诗歌的一部重要作品。他还有不少文学批评著作，对“新批评派”评论起了开拓作用。

空心人[1]（节选）

给那老家伙一个便士[2]

我们是空心人
我们是稻草人
互相依靠
头脑子塞满了稻草。唉！
当我们在一起耳语时

---

[1] 这首诗常被认为是艾略特描写精神空虚的“现代人”的代表作。悲观和虚无主义色彩弥漫在整首诗里，但也有批评家认为正因为艾略特不满于现状，才使这首诗有一种批判的高度。

[2] 第一段围绕着英国的一个焰火庆祝仪式展开。此处的“老家伙”指的是福克斯，他在1605年试图炸毁国会大厦的阴谋中被捕，以后英国人民就在每年11月5日那天举着模拟他做成的稻草人，放火焰庆祝，孩子们则用这种空心人向家长要一两个便士玩。艾略特首先暗示现代人其实只是空心人，然后又将真正的福克斯——迷失的、狂暴的人，与现代人对比。现代人虽活犹死，在死亡的王国里。

我们干涩的声音
毫无起伏，毫无意义
像风吹在干草上
或像老鼠走在我们干燥的
地窖中的碎玻璃上。
有声无形，有影无色
瘫痪了的力量，无动机的姿势
那些已经越过界线[1]
目光笔直，到了死亡另一个王国的人
记得我们——如果稍稍记得的话——不是
作为迷失的狂暴的灵魂而仅是
作为空心人
作为稻草人。

裘小龙 译

如果说《荒原》是艾略特对现代西方世界没落现状的概括，那么《空心人》可以视作他对现代西方人灵魂空虚的画像。

“空心人”的意象，在这里有双重含义，一方面就其形象本身而言，它无血无肉，没有灵魂，“头脑子塞满了稻草”，由此，诗人把它同那些徒具形骸、失去灵魂的现代人相比：“干涩的声音”，“毫无起伏，毫无意义”，这是说稻草人的单调乏味，也是指现代人心灵的枯竭。诗中的比中之比更加意味深长：“像老鼠走在我们干燥的地窖中的碎玻璃上。”诗人用“老鼠”“地窖”“碎玻璃”

[1] 艾略特这里显然受到了但丁的影响。但丁在《神曲》历程中经历了三个不同的区域：地狱、炼狱、天堂，“空心人”似乎应是地狱中的人。

三种令人烦恶的、阴暗的意象，组成一个极度干涩的意象群，它不但使“稻草人”卑琐的心理更加突出，而且还铺叙出一个荒凉、死寂的地窖世界。这同本诗第三节所说的“死去的土地”，同“荒原”正是一致的。“稻草人”也好，“地窖”也好，都告诉我们这世界的一切，主体、客体都是空虚的，无意义的。

所以，“有声无形，有影无色”“瘫痪了的力量，无动机的姿势”这两行诗，是诗人对这种虽生犹死的世界的哲理概括。它使我们想起我国古人所说的“形存神灭”“死而不僵”的境界。

“空心人”的另一重含义是就着英国的风俗背景而言的，这大约是激发诗人灵感的火花。稻草人原是模拟那个企图炸毁英国国会大厦的暴徒福克斯。他成了孩子们嬉笑的工具，艾略特把他称作“迷失的狂暴”的人。这种人的灵魂已经被打入地狱，固不可取，但它们毕竟还曾有过“迷失的狂暴的灵魂”，不至于那样麻木、窒息。这种对比，虽未必有赞誉福克斯之类暴徒的意思，但从中更加反衬出现代人精神的极度空虚。

《空心人》是一篇组诗，发表于1925年。此时，艾略特的成名作《荒原》已经发表三年。《荒原》中反映出来的那种幻灭和绝望心理在这首诗中有过之无不及：“世界就是这样告终，不是嘭的一响，而是嘘的一声。”这大约是艾略特精神历程中的最低谷了。

许自强　赏析

拉封丹（法国）

拉封丹（La Fontaine，1621—1695），法国古典主义时期寓言诗人。17世纪60年代初他开始创作寓言诗。这些寓言诗先在民间流传。1668年《寓言诗》第一集出版，大获成功。

此外，拉封丹还写过《普叙刻和库皮德的爱情》(1669)、歌剧《达佛涅》（1674）、科学诗《金鸡纳霜》（1682）、诗剧《阿丝特雷》（1691）。他于1684年当选为法兰西学院院士。

知了和蚂蚁

知了整个夏天
都在唱歌消闲，
北风终于来到，
她可样样缺少，
没有一点苍蝇，
小虫更不见影。
她找邻居蚂蚁，
前去叫饿喊饥，
恳求蚂蚁宽容，
借给几粒麦种，
挨到春天来临：
“动物一言为定，
明年秋收以前，
连本带利还清。”

蚂蚁不爱出借，
多少算是欠缺。
她对借债者说：
“热天你没干活？”
“请您不要见怪，
逢人唱个痛快。”
“唱歌？真是舒服；
何不现在跳舞！”

郑克鲁　译

这是《寓言诗》的第一首。它与集子中的其他寓言诗不同，并没有直接道出诗人所重视的道德教训，但是它的道德教训却表达得明白无误，这就是对好逸恶劳思想的抨击。

知了被写成只知玩乐、不事劳动的反面角色，她整个夏天都在唱歌，直到冬天到来，家里一点库存都没有，饥肠辘辘，只好到邻居蚂蚁那里，请求蚂蚁发发善心，借几粒麦种过冬。不料蚂蚁虽然勤劳，却不爱出借，而且挖苦知了不劳动、咎由自取。对于像知了这样好逸恶劳的家伙，丝毫不给予同情，且投之以蔑视，诗人的态度是爱憎分明的。

这首寓言诗的别致之处在于有一种幽默感。其一是将人间事物带进了动物界：借贷在动物之间本是不存在的，当读者看到“动物一言为定，明年秋收以前，连本带利还清”这一句话时，自会感到一种谐趣。其二在结尾：蚂蚁故意问知了整个夏天在干什么，听到知了回答在唱歌以后，她说：“唱歌？真是舒服；何不现在跳舞！”这种讽刺口吻颇具幽默意味。诗人的抨击态度通过蚂蚁的话传达出来，不写结局，留有余地，让人意会，手法高明。

既是寓言，动物的习性是允许改变的，因此，不应这样责备拉封丹：蝉不吃苍蝇和小虫；她不是在唱歌，而是翅膀摩擦生出鸣声；蝉入冬以前便要死去；蚂蚁在北风到来时处于入眠状态。寓言不是动物志，它可以保留动物特点，也可以适当地加以改变，因为寓言不过是借动物去写人间，作家有一定的自由去虚构。

郑克鲁　赏析

橡树和芦苇

　　一天，橡树对芦苇讲：
“你很有理由指责自然的过错；
一只戴菊莺对你说是副重担；
　　一阵微风偶尔掠过，
吹皱了那一片湖面，
迫使你把脑袋垂低；
然而我的头颅好像高加索山，
不但可以阻挡住太阳的光线，
　　又能对抗风暴威力。
一切对你是狂飙，对我是和风。
如果你生来在我的叶下避居，
　　让我覆盖周围地区，
　　就不会受这些苦痛：
　　我会为你抵御风雨。
　　可是你通常却生长
在狂风的王国潮湿的边缘上。
我觉得大自然对你真不公平。”

芦苇于是回答他说："你的同情，
出自诚心好意；但别为我担心：
狂风对我不像对你那么可怕；
我弯曲而没有折断。直至如今
　　你抵挡住狂风吹打，
　　你的腰并没有弯低；
但是且看结局。"在他说话之际，
北风至今在他怀抱里所产生
　　最可怕凶暴的孩子，
从那天边疯狂地往这里奔腾。
　　芦苇弯曲；橡树挺直。
　　风将他的威力加剧，
　　越刮越猛，无法硬顶，
那头部高耸，与云天并肩为邻，
脚踩黄泉的橡树被连根拔去。

郑克鲁　译

寓言的特点之一是将动植物拟人化，动植物既有人的特性，就不能不考虑到他们的心理活动，拉封丹在这方面也有独到的成就。

《橡树和芦苇》的成功之处在于将橡树和芦苇的两种性格、两种心理刻画得十分细腻。这则寓言诗取自伊索的《芦苇和橄榄树》。橡树一般代表力量，用来代替橄榄树以表达寓言的道德教训，显然要有力得多。这首诗里，橡树体现骄傲的拥有力量者。他高耸入云，"头颅好像高加索山"，风暴对他来说像是和风。他的庞大、坚挺似乎不可战胜。他对自己的力量感到不可抑制的骄傲，这种骄傲表现在他对自己坚不可摧的夸耀，以及隐藏在对表面柔弱的芦苇的怜悯之中。他甚至越过了怜悯，似乎要表现出宽宏：他要保护他的邻居，给以庇护，遮挡风雨，他为芦苇“鸣冤喊屈”，认为大自然对芦苇不公平。然而这是表面的怜悯、廉价的宽宏。橡树的心理表现得很曲折，他的傲慢和虚情假意的性格烘托得很鲜明。另一方面，芦苇虽是个弱者，却知道自己的力量所在，不为橡树的傲慢所辱没，甚至反唇相讥，预见到橡树的结局。他的凛然不可侵犯的气概和不甘示弱的心理，也描绘得惟妙惟肖。这首诗通过对橡树和芦苇的心理刻画，讽刺了傲慢者，赞扬了外柔内刚者。诗人还揭示了强与弱的相对性，在一定条件下，两者会互相转化这一深刻的生活哲理，使这首寓言诗颇耐人咀嚼。

郑克鲁　赏析

拉马丁（法国）

阿尔封斯·德·拉马丁（Alphonse de Lamartine，1790—1869），法国诗人。他的处女作《沉思集》（1820）一出版就大获成功。这部抒情诗集宛如空谷足音，以自然流露的缠绵的情思、飘逸的文笔、朦胧而空灵的意境与绝妙的音乐魅力拨动了人们的心弦。

作为法国浪漫主义诗人的先驱，拉马丁凭借诚挚而纯朴的真情实感、新颖的主题与音韵优美的语言开创了一代诗风，使法国诗歌摆脱了僵化的古典主义的羁绊，进入"木欣欣以向荣，泉涓涓而始流"的新天地。

秋

你好！枝头依然留着残绿的树丛！
纷纷飘落在草地上的黄叶！
你好，迟暮的美景良辰！大自然的悲痛
正与我的忧伤相宜，让我看了感到欣悦！

我沿着荒僻的山间小路一边漫步一边遐想，
我真喜欢最后一遍再看一看
这黯然失色的太阳，它那微弱的余光
从我跟前几乎透不过林间的昏暗！

是的，在这大自然气息奄奄的秋日里，
我竟从它那无神的眼光中发现更多的妖娆，
这正是一位朋友的告别，这正是即将因与世长辞而永远合起的双唇上最后的微笑！

所以，虽然因痛惜我漫长岁月中失去踪影的希望
而打定主意放弃人生的前途，
我依然回过头来，以羡慕的目光
凝视我还没有享受到的人生的幸福！

啊，大地，太阳，幽谷，秀丽而温存的自然界，
临近我的墓园，我真得向你们洒一番热泪；
清风竟如此芳香！夕照竟如此纯洁！
在一个行将就木的人看来，斜阳竟如此优美！

我恨不得这会儿就喝光
这混合着仙露与胆汁的苦酒！
在这让我饱尝人生艰辛的酒杯底上，
也许还有一滴蜂蜜留在里头？

也许未来还会让我重温
那已经失去希望的幸福的梦境？
也许在茫茫人海中，还有个我素昧平生的人
能理解我的隐衷并向我发出共鸣？……

花朵凋谢时向微风献出自己的清芬；
这意味着此刻花朵正向生命告别，向太阳告别；
我也不久于人世；在这一息尚存之际，我的灵魂
也吐露出衷曲，宛如一阵凄切缠绵的音乐。

张秋红　译

此诗完成于1819年末。

在“萧瑟兮草木摇落而变衰”的秋气肃杀之际，骚人词客纷纷感慨“是处红衰翠减，冉冉物华休”，喟叹“落叶西风时候，人共青山都瘦”，此诗却自出机杼，匠心独运。大自然的悲痛偏偏正与作者的忧伤相宜，让他看了感到欣悦，因为他发现了一位自强不息而又视死如归的朋友。你看，虽然黄叶凋零，但树丛的枝头却依然留有显示出不屈生机的残绿；虽然微弱的余光几乎透不过林间的昏暗，但黯然失色的太阳却依然发出所有的光和热；虽然气息奄奄，但大自然却依然带着笑容向人间告别，在死神面前泰然自若，了无惧色……这一切都使他肃然起敬，慕而仰止，从无神的眼光中看出更多的妖娆，透过萧条的现象看到美的本质。

正是大自然的伟大精神与崇高形象唤起诗人对生活的热爱和对幸福的憧憬。既然清风如此芳香，夕照如此纯洁，斜阳如此优美，大自然如此秀丽而温存，他怎么舍得放弃人生的前途而离开这个世界呢？他又怎么能不渴望他还没有享受到的人生的幸福呢？他不禁热泪盈眶，激情满怀，恨不得立刻把人生的苦酒一饮而尽：因为，生活也许会苦尽甘来，未来也许会重温鸳梦，明天也许会再得知音……从这里吐露的衷曲中，我们听到他如饥似渴地追求幸福的心声，这正反映了诗人灵魂深处从渐趋平复的痛苦中燃起的新的希望。

张秋红　赏析

雨果（法国）

维克多·雨果（Victor Hugo，1802—1885），19世纪法国的伟大诗人，同时又是重要的文艺理论家、小说家、戏剧家、政论家、社会活动家。

诗人走到田野上

诗人走到田野上；他欣赏，
他赞美，他在倾听内心的竖琴声。
看见他来了，花朵，各种各样的花朵，
那些使红宝石黯然失色的花朵，
那些甚至胜过孔雀开屏的花朵，
金色的小花，蓝色的小花，
为了欢迎他，都摇晃着她们的花束，
有的微微向他行礼，有的做出娇媚的姿态，
因为这样符合美人的身份，她们
亲昵地说："瞧，我们的情人走过来了！"
而那些生活在树林里的葱茏的大树，
充满着阳光和阴影，嗓子变得沙哑，
所有这些老头，紫杉，菩提树，枫树，
满脸皱纹的柳树，年高德劭的橡树，
长着黑枝杈，披着藓苔的榆树，
就像神学者们见到经典保管者那样，
向他行着大礼，并且一躬到底地垂下

他们长满树叶的头颅和常春藤的胡子，
他们观看着他额上宁静的光辉，
低声窃窃私语：“是他！是这个幻想家来了！”

金志平　译

“雨果的英雄的风姿和巨人的步伐是令人望而生畏的；雨果的富丽堂皇的辞藻引人景仰和赞叹。”丹麦著名的文学评论家勃兰兑斯曾经这样赞美过雨果。读了这首《诗人走到田野上》，我们对于上述论断得到了一个鲜明有力的形象化的印证。

诗人的自我形象在这首诗里是双重性的。一方面，他是那许许多多娇媚艳丽的鲜花的“情人”，花儿越美、越媚，越加反衬出诗人温馨和悦的柔情；另一方面，他又是那些古老葱茏的大树的“长者”，它们恭敬虔诚地称他为“幻想家”，这无疑是对诗人睿智沉思的钦慕。雨果在赞颂莎士比亚时曾强调“一切天才都具有双重的反光”，正如红宝石的双重折射一样。他认为诗人应当是哲学家、史学家。这些话用在雨果自己身上其实也很合适。雨果风风雨雨的一生，完全证实了这一点。在政治社会的大舞台上，他具有纵横历史、百折不挠的英雄气概；在家庭、爱情的日常生活里却不乏儿女柔情。从这个意义上看，这首诗大约是可以视作诗人自我人格的写照的。

浪漫主义诗人热爱自然，他们往往在自然中寄托理想，寻求归宿，把自然“人化”。这首诗也同样如此，诗人讴歌田野、鲜花和大树，目的不在描绘自然美景，而是重在抒发自己一种宽阔的襟怀，一种踌躇满志的愉快心境。这首诗写于1831年夏天。1830年七月革命的胜利给予诗人极大的鼓舞；这年二月，雨果的浪漫主义名剧《欧那尼》在保守与革新的激烈争斗中获得了胜利，标志着浪漫主义戏剧从此战胜了伪古典主义，为诗人赢得了巨大声誉。不久诗人又创作了不朽名著《巴黎圣母院》，奠定了雨果在浪漫主义文学运动中的崇高地位。这一切都使诗人感受到无比的欣喜。当然，还有一个重要原因便是他一时摆脱了情敌圣佩韦对他精神上的干扰，同妻子和孩子一起住到乡郊别墅避暑，看到碧绿的草坪和林木苍翠的山坡，而不是尘土弥漫的城市大道，更使他陶醉于优美的大自然中心花怒放了。

这首诗的词语是华丽而夸张的。处处采用了拟人化的手法，使自然里的一草一木满含深情。诗人还善于运用对比手法：田野和树林，小花和大树，娇媚和苍老，“情人”和“幻想家”……这一系列对比使秀丽的美和雄壮的美并呈，既映衬出大自然的瑰丽多姿，又表现了诗人丰富的情感和气质。整首诗的意境美和情趣美饱和融合，余韵不尽。

许自强　赏析

波德莱尔（法国）

夏尔·波德莱尔（Charles Baudelaire，1821—1867），法国19世纪最重要的诗人和文艺批评家之一。他的创作上承浪漫主义的余绪，下开象征主义的先河，影响遍及西方现代诗歌中的各种流派。

除了代表作《恶之花》，波德莱尔的重要作品是散文诗集《巴黎的忧郁》（1869），这“依然是《恶之花》，但是具有多得多的自由、细节和讥讽”。散文诗并非自波德莱尔开始，但是，波德莱尔是第一个自觉地把它当作一种形式，并使之臻于完美的人。

高翔远举

飞过池塘，飞过峡谷，飞过高山，
飞过森林，飞过云霞，飞过大海，
飞到太阳之外，飞到九霄之外，
越过了群星灿烂的天宇边缘，

我的精神啊，你活动轻灵矫健，
仿佛弄潮儿在浪里荡魄销魂，
你在深邃浩瀚中快乐地耕耘，
怀着无法言说的雄健的快感。

远远地飞离那致病的腐恶，
到高空中去把你净化涤荡，
就像啜饮纯洁神圣的酒浆，
啜饮弥漫玉宇的光明的火。

在厌倦和巨大的忧伤的后面，
它们充塞着雾霭沉沉的生存，
幸福的是那个羽翼坚强的人，
他能够飞向明亮安详的田园；

他的思想犹如那百灵鸟一般，
在清晨自由自在地冲向苍穹，
——翱翔在生活之上，轻易地听懂
花儿以及无语之万物的语言。

郭宏安　译

亚历山大体是庄严凝重的，但波德莱尔在第一节四行诗中，将其十二音节破碎成一系列短句，造成飞动之势，迫促的节奏使读者体味到一种腾飞的快感。这腾飞不是原地盘旋，而是高翔远举，向着无限远的地方；这是空间的推移，也是心理的深入。前者是逃离“致病的腐恶”，即“雾霭沉沉的生存”中充塞着的“厌倦和巨大的忧伤”；后者则是让思想进入超凡入圣的境界，以“光明的火”为饮料，涤荡精神上的污浊和疾患。这是从有限向无限的伸展，是实现艺术的使命：“翱翔在生活之上，轻易地听懂花儿以及无语之万物的语言。”如董其昌所说：“潜行众妙之中，独立万物之表。”

能够高翔远举的人，才能够品尝到“无法言说的雄健的快感”，也就是说，“羽翼坚强的人”才是幸福的人。幸福在于解脱，幸福的生活存在于“明亮安详的田园”。波德莱尔一向以城市诗人著称，然而在他的内心深处，无时不跃动着一种强烈的愿望：像“百灵鸟一般，在清晨自由自在地冲向苍穹”。他总是向往着“别的地方”，然而他始终枯守在巴黎。他实际上只是在一种对于“高翔远举”的向往中体味到暂时的解脱，而在这暂时的解脱中，他看到了另一个“自我”——与始终处于厌倦、悔恨、愤懑之中的自我迥然不同的另一个自我。说到底，波德莱尔的高翔远举始终是一种对于逃避和追寻的向往，然而，他将这种向往表达得多么真切、深刻，富于感染力啊！

郭宏安　赏析

感　应

自然是一座神殿，那里有活的柱子
不时发出一些含糊不清的语音；
行人经过该处，穿过象征的森林，
森林露出亲切的眼光对人注视。

仿佛远远传来一些悠长的回音，
互相混成幽昧而深邃的统一体，
像黑夜又像光明一样茫无边际，
芳香、色彩、音响全在互相感应。

有些芳香新鲜得像儿童肌肤一样，
柔和得像双簧管，绿油油像牧场，
——另外一些，腐朽、丰富、得意洋洋，

具有一种无限物的扩展力量，
仿佛琥珀、麝香、安息香和乳香，
在歌唱着精神和感官的热狂。

钱春绮　译

《感应》一诗发表于初版《恶之花》中，约作于1845年，这首诗具体形象地表达了波德莱尔的美学观点，并被称为“象征派的宪章”。

在诗的开头，诗人以神秘的笔调描绘了人与自然的感应：自然界是一个统一的整体，其间万物之间有一种联系、应和，它们组成了一个象征性的森林，并对穿行其间的人露出亲切的目光，向人们发出模糊的话语。这种话语，唯有诗人才能听得懂，因为：“正是由于诗，同时也通过诗，通过音乐，灵魂窥见了坟墓后面的光辉。”（《再论埃德加·爱伦·坡》）其次，诗人揭示了人的各种感官之间相互应和，形成茫无边际、深邃的统一体。接着，诗人用语言具体地表现了嗅觉、触觉、听觉、视觉之间的感应；感观和思想状态之间的感应：香气可以像儿童的肌肤一样摸得着，像双簧管一样听得见，像颜色一样看得见。这一点对兰波等象征派诗人、超现实主义诗人和其他幻觉诗人影响很大。由于他形象地表现出了这几种感应状态，也达到了语言和感观、语言和思想的感应。而这些精神和感观的感应，就像各种类型的香气，互相交融，不断地扩散出去，同万物浑然一体。

万物之间的互相感应，并非波德莱尔首创；但通过《感应》一诗，波德莱尔用具体生动的形象，把感应理论深化了。在波德莱尔眼里，感应成了打开宇宙神秘之门的钥匙；是人与人、人与物、物与物之间沟通的桥梁；感应实现了从万象到元一的统一，又从元一出发去了解无限广袤的宇宙。由感应理论出发，波德莱尔反对“为艺术而艺术”，把激情和理智赶出文学的做法，既然世界上的万物相互感应，那么语言形式和内容也是不可分的。波德莱尔把各种艺术看成是相辅相成的统一体，诗歌语言只是艺术语言的一种表达形式。诗可以论画，画也可以说诗，各种艺术殊途同归。

《感应》是一首优美的十四行诗，诗中意象丛生，象征神奇、生动，从诗的结构来看，开头气势磅礴；收尾时，余音袅袅，意犹未尽，把我们的思绪引向了无限的天地。

温水红　赏析

瓦雷里（法国）

保尔·瓦雷里（Paul Valery，1871—1945），法国象征派诗人。他曾花四年时间，写成五百行的《年轻的命运女神》，收入1920年出版的《旧作诗谱》。出版后，瓦雷里一举成名，被推崇为法国20世纪最伟大的诗人。《海滨墓园》也是这时写的，收入他1922年出版的《幻美集》。他的诗内容深刻，形式完美，做到了内容与形式的统一。

风里的精灵

无人见，无人知，
我是一股芬芳，
吹起一阵风儿，
便活跃和消亡。

无人见，无人知，
天才还是侥幸？
我是刚到这里，
一举就能成功！

无人读，无人解，
会有多少乖僻，
才子那儿出现？

无人见，无人知，

急换内衣慌乱，
露胸一刹那间？

沈宝基　译

这首诗较难懂，字句省略简练，往往没有主语。诗里是精灵在说话，而这精灵象征诗人的心灵，又可以理解为一切创造性劳动的灵感，这样的一位精灵，不是一般人所熟悉的诗神或仙女，而是中世纪克尔特和日耳曼民族所独有的一种传说中的精灵。说她是和风之神吧，可是在某种情况下她会在风中消亡，总之她是个难以捉摸的风灵。

第一节，“芬芳”：精灵自喻为灵感，而灵感好比一股芬芳，在风中散发，时间不长，活跃一阵，随即消失。

第二节，“天才还是侥幸”：瓦雷里所说的天才是聪明加苦练，即才与学的混合体一旦成熟化为灵感；另一种灵感则出于偶然，不是长期酝酿的，偶然仅仅是表面现象。精灵不愿明言，只强调一有灵感便会有作品的产生，用不着很多时间。

第三节，“无人解”：超群的作家高人一等，他是创新者，他的思想和作品的确新颖，可能也有怪诞之处，但是凡夫俗子总是把他的整个作品当作乖僻的东西，不理解，不愿读。

第四节，“一刹那间”：写诗，灵感是主要的，灵感的出现是美妙的，它好像一个纯洁又羞怯的少女在房里更衣，把身上的内衣脱下，忙把洗好的内衣换上，两件内衣的脱换如此迅速，胸部外露时间非常短促，仅仅一刹那，以少女换内衣的具体形象来喻一纵即逝的灵感，真是绝妙好诗。

沈宝基　赏析

石　榴

坚硬的石榴，你籽粒多，
膨胀导致你开裂，
我似见大好头颅
奇才爆发，光彩显现！

如果说，啊！半绽的石榴，
天天经受的骄阳
使你们得到锻炼而昂首，
打破了红宝石的隔墙，

如果说干黄如金的硬皮
由于时间的推移，
裂成红艳艳的美玉，

那么这一辉煌的开裂，
使我想起过去某一时期
自己思想上的内在建筑。

沈宝基　译

有人说这首诗的描写堪与塞尚或马蒂斯的静物画媲美。这种比喻的含义，读者不容易捉住，在表达手段、艺术功力方面，可以这样说。至于形象的宏伟瑰丽，则有过之无不及。这首诗高超有力，用词确切，一笔到底，组织严密。用《石榴》来象征他“过去某一时期自己思想上的内在建筑”。是的，瓦雷里把人的大脑当作一座建筑，这是生理上的；把思想当作一座建筑，把诗歌当作一座建筑，这是心理上的，亦是艺术上的。要成为真正的艺术品，要在艺术上有所建立，必须具有内因的推动和外因的促成，而且必然有个过程。

第一节讲内因，石榴籽多，已经成熟而开裂；第二节讲外因，骄阳给半绽的石榴以锻炼的机会，让石榴把自己饱满的籽粒变成红宝石；第三节讲过程，讲壮大成熟的过程需要一定的时间，等到那个时候，内是红艳艳的美玉，外是辉煌的形象；第四节，瓦雷里回到第一节“大好头颅奇才爆发……”上来，同时回想起他过去的成绩主要靠“自己思想上的内在建筑”。

这首诗虽是象征诗，并不难懂，瓦雷里是否应用辩证法，我不敢轻易肯定或否定。但我相信，他侧重“理智”，故逻辑性强；注意“制作”，故落笔稳健。至于内因、外因、过程，这是我的主观看法，是否恰当，有待方家指教。

沈宝基　赏析

艾吕雅（法国）

保尔·艾吕雅(Paul Eluard，1895—1952)，法国超现实主义诗人。代表作品有《为了不死而死》(1924)、《痛苦的首都》(1926)、《爱与诗》（1929）、《直接的生活》（1932）、《公共玫瑰》（1934）、《丰富的眼睛》（1936）、《诗与真理》（1942）等。这些作品标志着艾吕雅诗歌创作的最高成就。

爱 与 诗

我对你说这些为的是天上的云
我对你说这些为的是海上的树木
为了海上每一道波浪为了树叶丛中的鸟
为了互相撞击有声的小石块
为了熟识的手
为了变成面目或变成风景的眼睛
睡眠还给它天空的颜色
为了一饮而尽的整个夜晚
为了大路上的铁栅栏
为了敞开的窗子为了一个裸露的额头
我对你说这些为了你的思想你的言语
所有的抚慰所有的信任将永远存活。

（《爱与诗》发表于1929年，全诗无标点，除了最后的句点。）

罗大冈　译

平　易

你一站起水纹舒展
你一躺下水花开放

你是避开深渊的水
你是生根的泥土
一切在泥土上建立

在嘈杂的沙漠中你吐出沉默的水泡
你讴唱夜之颂歌用天上虹彩作琴弦
到处都有你一切道路被你摧毁

你牺牲时间
为了保存正确火焰的永恒青春
它蒙蔽自然同时使自然再生

妇人你给世界产生一个永远同样的身体
你的身体

你是同一性本身。

（本诗发表于1935年，全诗无标点，除了最后的句点。）

罗大冈　译

艾吕雅是现代派抒情诗人中突出的代表人物。他的作品是现代诗的艺术与法国文化思想优良的人道主义与国际主义传统的珍贵结晶、重要的收获。他的抒情诗是他的淳厚、善良、平易近人、和蔼可亲的人品的表现。艾吕雅是法国（可能不止法国）现代派诗人中最富于人情味的诗人，也是将超现实主义的艺术创新应用得最出色的诗人。超现实主义诗歌艺术最突出的表现在于诗的语言、诗的逻辑与散文的语言、散文的逻辑有明显的差别。这一点，艾吕雅接受了。超现实主义诗歌形象的错综复杂与突兀，艾吕雅在一定程度上也接受了。然而他的特色在于用平易的形象，或者说，通过平凡的事物反映不平凡的深理。

艾吕雅即使在他参加超现实主义的阶段（1924—1939），仍把爱和妇女作为诗歌创作的重要主题。我们在这儿选译了他的《爱与诗》和《平易》两首诗。这两首诗既充满幻想又富有激情，既神秘又质朴：《爱与诗》里诗人以许多互不连贯的意象歌颂了爱的深切和永恒，《平易》则以一系列新颖巧妙的比喻，赞美女性的崇高和美，表现出艾吕雅独特的创作风格。

罗大冈　赏析

阿拉贡（法国）

路易·阿拉贡（Louis Aragon，1897—1982），法国诗人、小说家。1926年发表著名的《巴黎的土包子》，蜚声文坛。他的诗作丰富多彩，最著名的诗集有《断肠集》（1941）、《蜡像馆》（1943）、《爱尔莎的迷狂者》（1963）、《告别集》（1982）等。

阿拉贡的诗篇雄浑豪放而自然淳朴，他一身兼有雨果热情似火、气势磅礴的浪漫气质和歌谣诗人贝朗瑞为平民倾注全部心血的高尚情操，在20世纪法国诗人中，堪称首屈一指。

从来没有幸福的爱情

人的一切所得决不能一劳永逸
无论是力量还是嗜好与情义
以为伸臂可得却迎来死亡的阴影
以为抓住幸福却把幸福捏碎
人生就是一场奇怪而痛苦的离异
　　从来没有幸福的爱情

人的生活犹如手无寸铁的士兵
身穿军装却无法从事戎马生涯
清晨即起对他们又有什么用场
既然晚上他们又无所事事和彷徨
承受你的生活并把眼泪咽回肚肠
　　从来没有幸福的爱情

我美好而珍贵的爱情我伤透的心
我怀着你好像揣着一只受伤的鸟
不明底细的人看到我们出风头
跟在我后边重复我编织的悲歌
但在你的慧眼里歌词已云散烟消
　　从来没有幸福的爱情

刚踏上生活就已为时太晚矣
我们的心在黑夜里齐声呜咽
哪怕一个短歌亦出自痛苦
哪怕一个战栗亦出自痛悔
哪怕一个小调亦出自痛哭
　　从来没有幸福的爱情

没有不使人痛苦的爱情
没有不使人受伤的爱情
没有不使人沮丧的爱情
爱你亦然呵爱国亦然呵
没有不使人哭泣的爱情
　　从来没有幸福的爱情
　　然而这是咱俩的爱情

沈志明　译

这首诗是《被查禁的九首歌》（1942—1944）之一，署名弗朗索瓦·怒吼。1945年编入诗集《法兰西晨号》。

被誉为抵抗运动号角的阿拉贡清醒地意识到，为了迎接曙光，必须承受黑暗的重负，做出必要的牺牲。历史上任何一次反侵略战争的胜利，都付出过沉重的代价。

在这块为“死亡的阴影”所笼罩的土地上，“人的一切所得”都是暂时的。你以为抓住了幸福，却把幸福捏碎了；你以为穿上军装就可以戎马生涯，上边一道命令却叫你不战而退，解甲归家；你以为编织了如泣如诉的爱情悲歌，不同凡响，到处传诵，大出风头，却不料人家根本不在乎你的歌词；你以为刚踏上生活，前途无量，哪知道你的前程已经被黑暗吞没。人生的一切，哪怕是一首短歌、一个战栗、一曲小调，都充满了痛苦，更何况是对情人的爱，对祖国的爱？“然而这是咱俩的爱情”，值得为之“痛苦”，为之“受伤”，为之“沮丧”，为之“哭泣”。

要奋斗就会有牺牲，包括生命与爱情。自古以来的民族英雄，为了大多数人获得幸福，自己从来没有幸福的爱情。很多年之后，阿拉贡在跟克雷米约谈话时指出：“共同遭难时，幸福是不可能的，就是说在这种情况下，人的义务高于一切……当别人不幸时，自己要幸福，那是自私的。”从中可看出诗人宽宏的胸怀。

这首诗曾被谱成歌曲，由法国一流歌星演唱，是家喻户晓的一首名歌。诗的韵味浓厚，措辞自然淳朴、朗朗上口，深得人民喜爱。

沈志明　赏析

塞盖斯（法国）

皮埃尔·塞盖斯（Pierre Seghers，1906—1987），法国诗人、出版家。生于法国南方乡村。十九岁来到巴黎。他从小喜欢诗歌，1939年发表第一部诗集《美好的希望》。同年创办诗歌杂志《戴钢盔的诗人》，团结了一批从军的年轻诗人。此后，他一边参加抵抗运动，一边在法国非沦陷区从事出版工作，坚持主编《诗刊》（1940—1948），发表了艾吕雅、阿拉贡等许多抗战诗人的作品。战后，他创办的皮埃尔·塞盖斯出版社，专门印行诗作和诗评。他编有大型丛书《当今诗人》《法国诗歌精粹》《抵抗运动诗人》《法国诗歌辞典》等，为法国诗歌的发展做出了卓越的贡献。

我是一个瞬息的人……

我是一个瞬息度过一生的人，
稍纵即逝的闪电、声响、反光，
至另一个生命的一次弹跳，
激流冲击的一块蹦起的卵石，
吻一吻时间的时间。

我只是一粒寿命难以把握的尘土，
在银河刮起的龙卷风中，
这个小点不可感知，不能回收，却又没有界限。

除存在之外，什么都不能对我加以证实。
我经过，回来，消失，又重新出现，

万变不离其宗，一颗来自石棺的麦粒，
生来为了播种，创造别的种子，
没什么秘密，一个人，卑微者……

金志平　译

这是一首哲理诗，表达了诗人对人生深沉的思考。诗人感慨自己“是一个瞬息度过一生的人，稍纵即逝的闪电、声响、反光……”从宇宙银河系的角度看，他“只是一粒寿命难以把握的尘土……这个小点不可感知，不能回收……”尽管如此，这首淡淡哀伤的诗并不颓废、绝望。因为诗人承认自己又是“一颗来自石棺的麦粒，生来为了播种，创造别的种子”，所以从人类的角度看，他又是“至另一个生命的一次弹跳”，是人类不断发展的一个不可或缺的环节，具有强大的生命力。诗人最后总结说，没什么秘密，他是“一个人，卑微者……”塞盖斯确实是一位十分谦虚的诗人、编辑。仅就他主编的大型丛书《当今诗人》来说，每本介绍一位诗人及其诗作，但直到出至一百六十本时，他才在别人的劝说下将自己编入。他把一生奉献给了诗歌事业，创作、编辑的诗集达数百册，早已超越国界，超越时空，仅凭这一点他也是值得人们记住、怀念的。

金志平　赏析

歌德（德国）

约翰·沃尔夫冈·歌德（Johann Wolfgang Goethe，1749—1832），德国诗人，狂飙突进运动和古典文学的主要代表。他的文学作品在世界文学中占有重要地位。代表作品有剧本《葛茨·封·伯里欣根》（1773）、小说《少年维特之烦恼》（1774）和诗剧《浮士德》等。

水上精灵之歌

人的灵魂
像是水；
它来自天空，
它升向天空，
它必须又
降到地上，
它永远循环。

若是莹洁的水光
从又高又陡的
岩壁流下，
它就妩媚地
如云浪纷飞
流向平坦的岩石，
轻松地被接受，
隐隐约约地

潺潺地
涌入深处。

若是巉岩峭立
阻挡它的倾注，
它就愤激四溅
一层一层地
奔入深渊。

在浅水的河床，
它潜入草谷，
在平静的湖中
万点星辰
欣赏它们的倒影。

风是水波的
可爱的情人，
风从水底掀起
水沫飞腾的涛浪。

人的灵魂，
你多么像是水！
人的命运，
你多么像是风！

冯至　译

从 1779 年 9 月到 1780 年 1 月，歌德旅行瑞士，10 月在劳特布伦恩附近观看三百米高的施陶巴赫瀑布。望着水从岩石上流下的情景，想到水在天地之间蒸发和下降的永远循环，正如人的灵魂时而向上追求理想，时而执着于尘世——这种思想在歌德著作里经常得到反映。虽然如此，这首诗主要还是写水向下流，经过陡直的岩壁，经过峭立的巉岩，最后流入深处，流入深渊，流入山谷，流入澄澈的平湖。这说明人的灵魂还是离不开地。而且地面上有风，微风能把湖水吹出波纹，狂风能从湖底掀起涛浪，这不都是人世间可能遭遇到的命运吗？歌德于 1779 年 10 月 9 日至 14 日间完成此诗。

诗题“水上精灵”是复数的。歌德把诗的初稿寄给石泰因夫人时，曾把全诗分为两个精灵的对唱：一个精灵唱第一节前四行和第二节，第四、第五、第六节的前两行；另一个精灵唱第一节后三行，第三节，第四节的后三行，第五、第六节的后两行。这首诗最后的定稿没有采用对唱体。

冯至　赏析

自然和艺术

自然和艺术，像是互相藏躲，
可是出乎意外，又遇在一起；
我觉得敌对业已消失，
二者好像同样吸引着我。

这只在于真诚的努力！
只要我们用有限的光阴
投身艺术而全意全心，
自然就活跃在我们心里。

一切的文艺也都是如此。

放荡不羁的人将不可能
把纯洁的崇高完成。

要创造伟大，必须精神凝集。
在限制中才显示出能手，
只有规律能给我们自由。

冯至　译

18 世纪 80 年代以后，歌德很少写自由体的诗，更多写的是各种诗体的格律诗。十四行诗在欧洲是一种格律谨严的诗体，起源于意大利，它在德国 17 世纪一度流行，后来趋于沉寂，直到 18 世纪末德国早期浪漫派诗人才又写十四行诗。歌德在浪漫派诗人的影响下，于 1800 年写出他的十四行诗中的第一首。

歌德利用这格律谨严的十四行诗体表示他对于自然与艺术、自由与规律的关系的看法。这两方面的关系，好像是互相排斥，实际上能相辅相成。艺术是人为的，但不能违背自然，真正的自由只有掌握了客观规律才能达到。并且无论是自然，是艺术，还是人生，都有一定的局限，盲目地否定一切限制，很难有所成就。这首诗要求人真诚地努力工作，诗的最后两行具有高度的概括性，可以说是歌德“创作论”中的警句。

冯至　赏析

变化中的持久

把捉这早年的幸福
啊，只有片刻的时辰！

和煦的西风已经
吹拂得花雨纷纷。
绿叶刚给我荫凉，
我应否为绿叶而欢悦?
狂风就要把它吹散，
当它枯黄地在秋天摇曳。

你若要摘取果实，
你的那份赶快去拿!
这些刚开始成熟，
那一些已经发芽;
你的秀丽的山谷，
每场雨后都有改变，
啊，在同一条河流
你不能游泳第二遍。

你也在变!你面前
耸立着坚固的建筑，
你看城墙，看宫殿
永远用不同的双目。
唇，亲吻时得到健康，
脚，攀登险峭的岩石
与大胆的羚羊较量，
那唇与脚都已过去。

那只手，它举止温柔，
它曾经乐于为善，

以及躯干和四肢，
一切都有了变换。
凡是在那个地点
联系你姓名的事物，
当时像一个波浪过来，
都奔驰着化为元素。

让开端跟着结束
紧紧地结合一处！
甚至你匆匆过去
比物体还要迅速。
要感谢缪斯的恩惠
预示两件事永不消逝：
是你怀里蕴蓄的思想
和你精神里构成的形式。

冯至　译

这是一首哲理诗，大约作于1803年8月。歌德最珍惜时间，最善于使用时间，他能在有限的时间内做出超越寻常的大量工作。正因如此，他更痛切地感到时间在迅速消逝，宇宙无时无刻不在变化。这首诗用迫切的语气、动人的比喻描绘万物的变化无常，任何人和事都不能例外。“逝者如斯夫，不舍昼夜”，古今同慨。古希腊的哲人赫拉克利特的名言“在同一条河流里人们不能泅入两次”说得更为生动，所以歌德把这句话写在第二节最后的两行诗里。

但是，面对这不断消逝、不断变化的世界，人们总希望能有些永恒的事物存在。纵使是认为万物如流水的思想家也常常为此而探求、思索。歌德作为诗人，他感谢文艺女神缪斯的恩惠，使他感受到“变化中的持久”，即思想与形式的结合——艺术使人间和自然界瞬息即逝的“美”传之久远。

冯至　赏析

幸运的渴望

别告人说，只告诉智者，
因为众人爱信口雌黄；
我要赞美那生存者，
它渴望在火焰中死亡。

在爱的深夜的清凉里，
创造了你，你也在创造，
有生疏的感觉侵袭你，
如果寂静的蜡烛照耀。

你再也不长此拥抱
在黑暗的荫下停留，
新的向往把你引到
更高一级的交媾。

没有远方你感到艰难，
你飞来了，一往情深，
飞蛾，你追求着光明，
最后在火焰里殉身。

只要你还不曾有过

这个经验：死和变！
你只是个忧郁的旅客
在这阴暗的尘寰。

冯至　译

1814 年 6 月，歌德读德文翻译的 14 世纪伊朗诗人哈菲兹的诗，对波斯和阿拉伯的诗歌产生浓厚的兴趣，好像发现一个新的诗的世界。在这些诗的启迪下，歌德诗泉喷薄，在 1815、1816 两年，写出大量具有特殊风格的抒情诗，后来收辑为《西东合集》，于 1819 年出版。这是歌德晚年诗歌创作的瑰宝，但当时在德国文艺界受到冷淡的待遇。而海涅却独具只眼，在歌德逝世后的第二年，就在《论浪漫派》里说，这部诗集“充满了鲜艳夺目的短诗，坚实有力的格言，包含着东方的思想方式、感情方式”。海涅在那时这样评价《西东合集》，有真知灼见，但我认为，还须略做修正，那就是：方式是东方的，思想感情是歌德自己的。

《幸运的渴望》就选自《西东合集》，它以飞蛾扑火为比喻，歌颂人不满足于“爱的深夜的清凉”，不“在黑暗的荫下停留”，向往光明，追求更高的存在，但向往和追求不免于在火焰里焚身。歌德不把焚身看作是生命的终结，而像是凤凰那样从火里得到新生，他用“死和变”概括他的这种思想。原文“stirb und werde”里的“werde”，除了“变”以外，还有“完成”的含义，只译为“变”不能完整地表达原义，但想不出其他更为恰当的单音动词了。

飞蛾扑火，无论在东方或是在西方，都经常被人采用，作为比喻。中国南北朝梁武帝写的一篇《连珠》里有这样的句子：“研磨墨以腾文，笔飞毫以书信，如飞蛾之赴火，岂焚身之可吝。”这说的是献身文艺，不顾牺牲。至于歌德这首诗，主要是从哈菲兹的诗里得到启发。哈菲兹在一首诗里说：“灵魂在爱的火焰里燃烧，像蜡烛一样明亮，我以纯洁的心情牺牲我的生命。你若不是像飞蛾因欲望而焚身，你就永不能得救，解脱爱情的苦闷。”诗里还说：“世俗怎能认识珍珠的高价？最贵重的宝石只赠送给知情人。”这里说的是为爱情而牺牲。从字面上看，歌德的诗与哈菲兹的诗是有共同点的，但歌德给“飞蛾扑火”以更深刻的意义，尤其是诗的最后一节，写出牺牲与完成、死与新生的辩证关系。

冯至　赏析

席勒（德国）

弗里德里希·席勒（Friedrich Schiller，1759—1805），德国诗人和剧作家。代表作有剧本《强盗》《阴谋与爱情》，诗歌《欢乐颂》《手套》《潜水者》，历史剧《华伦斯坦》《奥里昂姑娘》和《威廉·退尔》等。

席勒是一位毕生为民主自由而勇敢斗争的伟大战士，是德国狂飙突进运动时期和古典文学时期的代表作家，他的文学声誉可与歌德齐名。

孔夫子的箴言

1

时间的步伐有三种：
未来姗姗而来迟，
现在像箭一般飞逝，
过去永远静立不动。

当它缓行时，任怎样急躁，
也不能使它的步伐加速。
当它飞逝时，任怎样恐惧犹疑，
也不能使它的行程受阻。[1]
任何后悔，任何魔术，

[1]　《论语·子罕》中载：“子在川上，曰：‘逝者如斯夫！不舍昼夜。’”

也不能使静止的移动一步。

你若要做一个聪明而幸福的人，
走完你的生命的路程，
你要对未来深谋远虑，[1]
不要做你的行动的工具！
不要把飞逝的现在当作友人，
不要把静止的过去当作仇人！[2]

2

空间的测量有三种：
　它的长度绵延无穷，
　永无间断；它的宽度
　辽阔万里，没有尽处；
　它的深度深陷无底。

它们给你一种象征：
　你要看到事业垂成，
　必须努力向前，不可休息，
　决不可因疲乏而静止；
　你要认清全面的世界，
　必须广开你的眼界；
　你要认清事物的本质，
　必须审问追究到底。[3]

---

[1] 孔子曾说："人无远虑，必有近忧。"（《论语·卫灵公》）

[2] 不要以为"过去"已经过去，它可以帮助人们总结经验教训。

[3] 孔子主张："敏而好学，不耻下问。"

只有恒心[1]可以使你达到目的，
只有博学[2]可以使你明辨世事，
真理常常藏在事物的深底。

钱春绮　译

孔子的思想，早在17世纪时就已传入欧洲，比文学作品要早七八十年。当时西方的传教士为了了解中国传统思想，先后把《大学》《中庸》《论语》等译为拉丁文，也介绍了孔子的事迹。欧洲不少学者，如伏尔泰、狄德罗、歌德等都曾研究过孔子，受到孔子某些思想的影响。席勒后期从事历史和哲学的研究，对中国文化曾发生兴趣，自然也会接触到孔子的思想。

这两首论述时空观的小诗很富于哲理性，分别在1795年和1799年发表于《文艺年鉴》上。

第一首，主要说明诗人对时间（未来、现在和过去）的认识和态度。他认为，“未来”固是人们所盼，往往显得姗姗来迟。对此，急躁是无用的，应当深谋远虑，去迎接未来，安排未来。“现在”正在飞速进行之中，光阴似箭，要善于不失时机，充分利用。“过去”不可能重新来过，后悔或留恋都无用，应从中总结经验教训。

第二首，讲的是对空间的认识，即认识和对待世界的方法。世上任何事物都有长度、宽度和深度，在做一件事时，要有恒心，努力做彻底；在认识世界时，要博学多闻，力求广泛全面；在探求真理时，应透过现象，认清本质，深究到底。

这两首诗的意思有一定联系，反映了对客观世界的认识和态度，

[1]　《论语》中有“博学而笃志”的话。
[2]　《论语》中有“博学而笃志”的话。

同《论语》中记载的孔子的言论有不少近似的地方。例如孔子曾说："逝者如斯夫，不舍昼夜"（《子罕篇》），"告诸往而知来者"（《学而篇》），"温故而知新"（《为政篇》），"成事不说，遂事不谏，既往不咎"（《八佾篇》），"吾见其进也，未见其止也"（《子罕篇》）等。显然，从题目看席勒是受了孔子思想的启示所写的。

席勒还写过《理想与现实》一诗，阐述过类似的观点：

永远工作而不知疲，
慢慢创作从不放弃。
纵只是粒粒砂石的堆积
来把那不朽的巨厦造起，
但从时间的债台里
就会划去那年月日时。

许自强　赏析

海涅（德国）

亨利希·海涅（Heinrich Heine，1797—1856），德国革命民主主义诗人。1822年出版第一部《诗集》，次年又出版《悲剧——抒情插曲》。1827年他把早期抒情诗汇集在一起出版，题名《诗歌集》，引起轰动，奠定了他在文坛上的地位。这期间，他还创作了《哈尔茨山游记》等散文作品，也引起巨大反响。海涅这个时期的抒情诗和游记，大多抒写他个人的经历、感受、憧憬，感情真挚，语言优美，具有明显的浪漫主义色彩。

1843年底，海涅和马克思在巴黎结识，他受到先进的社会政治思想的影响，诗歌创作达到了新的高峰。这个时期，他发表了《新诗集》（1844），其中包括一部分以《时代的诗》命名的政治诗，和长诗《德国，一个冬天的童话》（1844）。这些诗歌在思想内容和艺术技巧两方面都取得很高的成就，成为1848年欧洲革命前夕时代的最强音。

何　处[1]

何处将是疲倦的旅人
获得最后安息的住家？
是在南国的棕榈树荫？
是在莱茵河畔的菩提树下？

[1] 本诗可能作于1839年到1840年之冬。海涅死后，葬于蒙马特尔公墓，墓碑上刻此诗作为墓铭。

我将被那陌生人的手
葬在某处的荒漠之中？
或者我将永远休憩在
一处大海之滨的沙中？

不管怎样！围绕着我的，
处处总是上帝的穹苍，
夜间，挂在我头上的星，
就像灵前的油灯一样。

钱春绮　译

有人说过，爱情和死亡是两大永恒的主题。然而从文学史上看，中国和西方诗人的死亡观念是大不相同的。中国古代的诗歌中很难找到把死亡作为一种意境来描绘的作品，虽有佛教的轮回思想做后盾，但诗人们多半仍不敢直接面对这个主题。西方诗歌中则不乏描绘死亡甚至歌颂死亡的名篇。将死亡视为解脱，是西方宗教观影响下一种普遍的心理。

《何处》这首诗通篇是想象死后的葬身之处。第一句中的“疲倦的旅人”把读者带入了一种淡淡的忧伤之中。“疲倦”固可理解为对人生的厌倦，但也可理解为对人间丑恶的厌恶，同时还使人想起诗人战斗的一生（到人生终途时，“疲倦”是自然现象）。

接下来六句全是写地方，从南国到莱茵河畔，从荒漠到大海之滨，浮想联翩，大开大阖，气象恢宏。实际上表明的是，别处都可能是葬身之地，唯独祖国——“莱茵河畔”是回不去了。这里当然隐含着极深沉的痛苦，也只有放逐他乡的诗人才写得出来；但又表现得如此旷达、平静。

最后四句是痛苦的乡思与乐观的胸襟冲突的产物，可说两种因素兼而有之。不管葬身何处，死亡终是一种解脱，这是一层境界；无可奈何，故作达词，恐怕是又一层境界；虽然饱含痛苦和解脱的愿望，但读来确让人感觉不到丝毫的绝望，反而感觉到诗人豁达的胸怀和高尚的人生观，这是第三层境界。比之波德莱尔笔下那个扭曲了的、过分快乐的死亡境界，这首诗显然以真诚、深沉见长。把死亡描写得这般优美动人的诗歌在世界上恐怕是不多的。难怪这首诗会被作为海涅的绝笔，铭刻在他的墓碑上。

黎奇　赏析

尼采（德国）

弗里德里希·威廉·尼采（Friedrich Wilhelm Nietzsche，1844—1900），德国哲学家、诗人。

尼采把自己的诗分为两类：一类是“格言”，即哲理诗；另一类是“歌”，即抒情诗。他的诗歌语言优美，言简意赅，诗意浓郁，内容深邃，贯穿着哲理。著名的有《醉歌》（1883）、《放浪公子之歌》（1887）、《威尼斯》（1888）和组诗《酒神颂》，以及一些描写孤独的抒情诗。尼采的诗作是哲学的诗化，独树一帜，对后来的诗人格奥尔格、里尔克、霍夫曼斯塔尔、黑塞等都有影响。

看啊，这人

是的，我知道我来自何处！
我像火焰一样永不满足地
燃烧着、消耗着。
我发出的是光辉，
我丢弃的是灰烬：
我确是火焰无疑！

孙坤荣　译

这首诗歌作于1881—1882年，可以说是尼采的自我写照。标题用的是拉丁文“Ecce homo”，语出《新约·约翰福音》第十九章第五节：“耶稣出来，戴着荆棘冠冕，穿着紫袍。彼拉多对他们说：你们看这个人。”这第十九章写的是耶稣从被戏弄到被捕，最后被钉十字架的事。尼采用“看啊，这人”作为诗歌标题，显然是有象征意义的。1888年，尼采撰写的自传，也是用“看啊，这人”作为标题。

尼采是一位颇有争议的思想家，一百多年来对他的毁誉不一。他宣告“上帝已死”，“重新估定一切价值”，无视一切传统，是个彻底的偶像破坏者。他反对当时德国的社会政治状况，反对一切传统道德，反对基督教，反对颓废庸俗；他宣扬“肯定生活”“权力意志”“超人思想”等等。但是，他是站在精神贵族的立场上反对一切旧的传统；他强调天才，蔑视群众；他从个人主义出发，既反对资本主义，也反对社会主义。总而言之，尼采的哲学思想，既有积极部分，也有消极部分。他的这首《看啊，这人》，表现了诗人积极的、革命的一面，也是他的自我写照。在这首诗中，尼采把自己比作火焰，永不满足地燃烧着、消耗着，“发出的是光辉”，“丢弃的是灰烬”。这里无疑也包含着作者的桀骜不驯和自我夸耀。

全诗只有短短六行，押的是aabaab韵，音调铿锵，节奏明快，富于音乐性。

孙坤荣　赏析

醉　歌

哦，人啊！注意听！
深沉的午夜在说些什么？
“我睡了，我睡了——，
我从深沉的梦中醒来：——
世界是深沉的，
比白天想象的更深沉。

它的痛苦是深沉的——，
快乐——比心中的忧伤更为深沉：
痛苦说：去吧！
可是一切快乐都要求永恒——，
要求深沉的、深沉的永恒！”

孙坤荣　译

这首抒情诗出自1883—1885年出版的《查拉图什特拉如是说》，在本书的第三部中的《第二舞蹈之歌》之三和第四部中的《梦游者之歌》之十二都写有这首歌，可见尼采对本诗的重视。

查拉图什特拉，又译为苏鲁支，是古代波斯哲人，波斯拜火教的始祖（中国称祆教）。他认为，世界上有两种对立的本原在斗争，其一为善，另一为恶。尼采利用这个始祖之口，宣传自己的哲学思想。他在书中宣称，世风日下，人已变形，将要产生一种新人，这就是“超人”。他认为，恶产生于软弱，善产生于力量，“权力意志”造就最强的人，这样才能粉碎社会上一切骗人的、病态的、仇视生活的东西。他说“上帝已死”，主张“重新估定一切价值”，并创造新的价值观。他企图克服西方哲学的弱点，在精神发展史上引起一个转折。《查拉图什特拉如是说》既是一本哲学著作，也是一本散文哲理诗。全书充满批判性的思想闪光和晦涩的隐喻。

在这样一本著作中，抒情诗《醉歌》犹如一朵奇葩在那儿开放。它吐露出沁人的芳香，使人陶醉，也使人迷惘。《醉歌》是作为查拉图什特拉的圆舞曲而演唱的，语言简单，但内容十分晦涩。短短的十一行诗，差不多用了各种标点符号；“深沉”这个词出现了八次，深沉的午夜、深沉的梦、深沉的世界、深沉的痛苦、深沉的快乐、深沉的永恒，如此等等。因此有的德国评论家认为，这首诗歌是“语言的冒险”。诗歌抒发了人在睡梦中苏醒过来，对世界的沉思，对痛苦、对快乐的沉思。钱春绮先生对尼采的“痛苦—快乐”的解释可以帮助我们对这首诗的理解，他认为这首诗中，“痛苦不想永远痛苦，而快乐却想永远常驻，亦即要求把痛苦转化为永远的快乐，这是尼采思想的最终点，也就是永远复归说的核心。”尼采的这首诗歌语言简明，思想深邃，是他诗歌创作的代表作。

孙坤荣　赏析

黑塞（德国）

赫尔曼·黑塞（Hermann Hesse，1877—1962），20世纪上半叶德语作家，主要成就是小说和散文，诗歌创作数量较少，却很重要，因为黑塞本质上是一个浪漫诗人。

黑塞八十五岁高龄去世时为后人留下了五十多部著作，有长篇小说、短篇小说、散文、诗歌和论文集。主要作品有小说《荒原狼》（1927）、《东方之旅》（1932）和《玻璃球游戏》（1943）；诗歌《诗集》（1942年版）；文集《回忆之页》（1937）和《战争与和平》（1946）。

在雾中

在雾中漫步，多么奇特！
树木、石头，全都孤零零，
没有哪棵树看到另一棵，
每棵树都很孤独。

在我愉快活泼的时候，
世界上充满朋友，
如今，雾霭弥漫，
再也看不见任何人影。

不认识黑暗的人，
不能称为真正明智，
黑暗不可避免地悄悄

把他和世上的一切隔离。

在雾中漫步，多么奇特！
生活多么孤零零。
没有哪个人看清另一个，
每个人都很孤独。

张佩芬　译

首先要说明，这里选择和赏析的几首诗尽管都是黑塞的著名诗歌，却并非诗人不同创作阶段的代表之作，而仅仅选自作家生平唯一一张朗诵唱片，其中除黑塞晚年所写的一篇杂文《幸福》外，还有七首诗：《在雾中》《转瞬而逝》《阶段》《九月的中午》《所有的死亡》《写在沙上》和《秋雨》。

联邦德国评论家伏克尔·米歇尔在整理黑塞遗稿时惊讶地从作家1949、1953和1954年自己录制的音响资料里发现了若干朗诵资料。米歇尔在这些录音带中选出上述作品编纂成了一张唱片，并且根据作家遗留资料说明这些诗歌乃是七十多岁高龄时黑塞最喜爱的诗作。唱片自1971年初次发行，至1976年已重版九次。

《在雾中》是几首诗中唯一一首早期诗歌，曾收入多种黑塞诗选。黑塞的诗歌创作受德国民歌和浪漫派影响颇深，讴歌美，歌颂梦境和幻想，喜爱把文学和童话、奇迹融在一起，把外在宇宙和内心世界联系在一起。与此同时，也不缺乏德意志民族和黑塞个人比较理性的风味：孤独寂寞、沉默寡言，即或是比较尖刻的揶揄、嘲讽，甚至是发牢骚，也都冒点儿德国式的傻气。

《浪漫主义之歌》（1899）、《在途中》（1912）和《孤独者的音乐》（1915）是黑塞三部早年诗集，以民歌风格的田园诗居多，大都抒发少年游子对家乡、自然的生活的热爱。《在雾中》既具这类田园气息，也兼具诗人中年以后深沉思索的特征。诗中从树木、石头等虽然毗邻而立，却各不相见，全都孤零零，写到人类尽管生活在一起，却“没有哪个人看清另一个”，从自然与内心两相对照的角度抒发一个艺术家的“孤独寂寞感”。诗里那位第一人称完全符合当年黑塞本人从城市迁居农村，由厌恶追名逐利而走上返璞归真道路的实际情况。

张佩芬　赏析

所有的死亡

我已经历过所有的死亡，
我愿再次经历所有的死亡，
在树中是木的死亡，
在山上是石的死亡，
在沙滩是土地的死亡，
叶片死在窣窣响的夏日草丛，
还有那悲惨而血淋淋的人类死亡。

我愿再生变成为花卉，
花和草是我乐意的再生之地，
还有鱼儿、牡鹿、小鸟和蝴蝶。
每一种形象都会让我
穿越过一个渴望的阶段，
通向那最后的痛苦，
通向人类高层次的痛苦。

噢，颤抖的绷紧的弓啊，
当那位狂热的探索者浮士德
奋力把生活的阴阳双极
相互弯向一处的时刻！
正是你催促我一而再地
努力追逐通往新生的死亡。
追逐无数留下痛苦痕迹的形象，
追逐无数留下壮丽痕迹的形象。

张佩芬　译

《所有的死亡》写于1918年左右，是黑塞经历了第一次世界大战灾难后的产物，作家那条既修身又治国的“通向内在之路”便诞生在此时。而始于《德米安》（1919）的向东方取经的历程在这首小诗里就已露端倪。

黑塞青少年时代就已经读过许多印度婆罗门教和中国佛教著作，颇为欣赏婆罗门教中的“僧娑洛”观点和佛教中的“涅槃”观点。僧娑洛是婆罗门教中对世间生死轮回循环的专门称呼，强调人必须历尽沧桑才能获得新生；而涅槃是佛教对人的解脱烦恼、灭除痛苦的专门称呼，按照佛教的解释，人生是痛苦的，尘世苦海无边，唯有超越生死的涅槃才算新生境界。黑塞不少重要著作都曾形象地再现此类观点，当然用的是作家独创的语言，用意也不是引导读者遁入空门，而是他自己说的：“为了治疗”，为了“探索一切信仰和一切人类虔诚善行的共同之处”。

《所有的死亡》前两节所写正是上述两种宗教遵循的超越生死的“新生”观点。诗人愿意再生为“花”“草”“小鸟”或者“蝴蝶”，目的在于借以“穿越过一个渴望的阶段”，也就是通过每一次“轮回”而更上一层楼，因而，第三节里出现“浮士德”便是顺理成章的事。黑塞一生都很崇敬歌德，歌德提出的世界文学观念和东西方融合观念在黑塞的文学创作中有了进一步的实践和发展。在这首诗里，甚至诗人本人也成了“狂热的探索者浮士德”，努力追踪着一切伟大不朽者留下的“痛苦痕迹”和“壮丽痕迹”。

张佩芬　赏析

写在沙上

世间美好和迷人事物，
都只是一片薄雾，一阵飞雪，
因为珍贵而可爱的东西，
全都不可能长存：
不论云彩、鲜花、肥皂泡，
不论焰火和儿童的欢笑，
不论镜子里花容月貌，
还有无数其他的美妙事物。
它们刚刚出现，便已消失，
只存在短短的瞬间，
仅仅是一缕芳香、一丝微风，
懂得这一切，我们多么伤心。
而所有恒久固定的东西，
我们内心并不珍爱：
闪烁冷光的宝石，
沉甸甸灿烂的金条。
就是那数不清的星星，

遥远而陌生地高挂天穹，
我们短暂过客无法比拟，
它们也不会进入我们内心。
不，我们内心所珍爱的，
却是趋于凋零的事物，
而且常常已濒临灭亡。
我们最最心爱的，
莫过于音乐的声调，
刚一出现便已消失、流逝，
像风吹，像水流，像野兽奔走，
还缠绕着淡淡感伤，
因为不允许它稍作逗留，
稍有片刻的停息、休止；
一声接一声，刚刚奏响，
便已消失，便已经离开。

我们的心便是这样，
爱流动、爱飞逝、爱生命，
爱得宽广而忠贞，
绝不喜爱僵死的事物。
那固定不变的岩石、星空和珍宝，
我们很快便腻烦。
风和肥皂泡的灵性，
驱使我们永恒变化不停，
它们与时间结亲，永不停留。
那玫瑰花瓣上的露珠，

那一只小鸟的欢乐，
那一片亮云的消散，
那闪光的白雪、彩虹，
那翩翩飞去的蝴蝶，
那一阵清脆的笑声，
所有和我们一触即逝的东西，
才能够让我们体会
欢乐或者痛苦。
我们爱和我们相同的东西，
我们认识风儿写在沙上的字迹。

张佩芬　译

《写在沙上》写于第二次世界大战结束后欧洲社会比较平静的年代，黑塞此时已逾七十高龄，常常病魔缠身，已无力从事大型著作，反倒促成了许多优美的小诗，《写在沙上》便是其中的一首。全诗音律严谨，雕琢精细，是典型的黑塞晚年诗歌。

《写在沙上》抒发了黑塞对须臾无常这一宇宙特性的殊爱。年老的诗人感叹人类仅是宇宙的“短暂过客”，因而也只能爱“和我们相同的东西”，不论它们是“一缕芳香”“一丝微风”，还是“风儿写在沙上的字迹”，而一切固定不变之物，尽管珍贵如黄金宝石，却并非与人同类，最终不值得珍爱。我们从充盈全诗的浪漫气息中感到，黑塞早年诗歌中歌颂美、歌颂梦幻、热爱自然、热爱生命的童话世界再度重现了，黑塞似乎又回到了彩色缤纷的少年时代，区别仅仅是掺入了老年人比较深沉的思想和语言。

张佩芬　赏析

普希金（俄国）

亚历山大·谢尔盖耶维奇·普希金（Александр Сергеевич Пушкин，1799—1837），19 世纪俄国的伟大诗人。早期代表作有《自由颂》《致恰阿达耶夫》《乡村》等歌颂自由的诗篇，它们以手抄本形式在社会各阶层中流传，引起极大反响。

致恰阿达耶夫

爱情、希望和平静的光荣
并不能长久地把我们欺诳，
就是青春的欢乐，
也已经像梦、像朝雾一样地消亡；
但我们的内心还燃烧着愿望，
在残酷的政权的重压之下，
我们正怀着焦急的心情
在倾听祖国的召唤。

我们忍受着期待的折磨
等候那神圣的自由时光，
正像一个年青的恋人
在等待那真诚的约会一样。
现在我们的内心还燃烧着自由之火，
现在我们为了荣誉的心还没有死亡，
我的朋友，我们要把我们心灵的

美好的激情，都献给我们的祖邦！

同志，相信吧，迷人的幸福的星辰
就要上升，射出光芒，
俄罗斯要从睡梦中苏醒，
在专制暴政的废墟上，
将会写上我们姓名的字样！

戈宝权　译

19 世纪初叶的俄国，正值沙皇亚历山大一世统治的时代。他对内狂热地维护专制政权和农奴制度，对外则企图扼杀欧洲各国正在发展着的革命运动。就在这时候，俄国出现了最初的一批贵族出身的革命家，他们决心推翻沙皇政权和农奴制度。为了实现这个目标，在 1825 年 12 月 14 日这一天，当沙皇亚历山大一世突然逝世、新沙皇尼古拉一世尚未当政的时候，他们在彼得堡发动了反对沙皇专制的武装起义。不幸的是，由于他们行动不够坚决，主要是脱离了广大的人民群众，武装起义很快就被沙皇当局镇压下去。五个领袖被判处了绞刑；被通缉和审讯的将近六百人；有一百多个参与起义的人被判处徒刑，流放到西伯利亚去做苦役。因为这次起义发生在十二月，所以他们被叫作“十二月党人”。列宁对十二月党人曾做过很高的评价，他说：“这些革命者的圈子是狭小的。他们同人民的距离非常远。但是，他们的事业没有落空。”

普希金和十二月党人有着深厚的友谊，对他们的革命事业深表同情。远在十二月党人起义以前，他就写过《自由颂》和《致恰阿达耶夫》等革命诗歌，公开地表露对沙皇专制的憎恨，号召大家起来进行反对专制统治的斗争。这些诗被人们相互传抄着，很快就传遍了全俄国。恰阿达耶夫（1794—1856），原是驻扎在皇村的近卫骑兵团的一位军官，1821 年参加了十二月党人的秘密团体“幸福同盟”，1836 年发表了著名的《哲学书简》，批判了俄国的农奴制度，宣扬了反对沙皇暴政的思想。他的自由思想对普希金有很深的影响。普希金在 1818 年十九岁时，写成《致恰阿达耶夫》这首诗，当时他并没打算发表，但是它的手抄本却流传非常之广，特别是在十二月党人中间起了很大的作用。因为这些革命诗歌，沙皇亚历山大一世就把普希金流放到南俄去。在流放期间，普希金接近了十二月党人的南方秘密组织，参加过十二月党人举行的秘密集会。这时候他又写成了革命诗歌《短剑》（1821），号召实行革命的恐怖手段来推翻沙皇暴政。后来，由于敖德萨总督的告密，普希金又被解送到他父母的领地米哈伊洛夫斯克村去幽禁。可是就在这幽禁和孤寂的日子里，十二月党人普希钦曾经来访问过他，告诉了他有关十二月党人北方秘密组织的情形。1825 年十二月党人的起义被残酷镇压的时候，从很多被捕的十二月党人的身上，都搜出了普希金所写的革命诗歌。普希金本人虽然当时不在彼得堡，但是他是全心同情十二月党人的。在这以后不久，普希金写道：“处绞刑的人被绞死了，但是一百二十多个朋友、兄弟和同志要去做苦役，那也是可怕的。”他当时还在自己的诗稿上画了一个绞架，上面吊着五个人的尸体，并且写道：“我也会……”“我也会……”。据说在流放到西伯利亚去做苦役的大批十二月党人身上，都藏着一个秘密的徽章，上面刻着普希金在《致恰阿达耶夫》一诗中的诗句：“同志，相信吧，迷人的幸福的星辰就要上升，射出光芒。”

十二月党人起义失败以后，新沙皇尼古拉一世登位，在第二年就赦免了普希金，召他到莫斯科去觐见。沙皇当时问他：“普希金，假如你在彼得堡，你也会参加十二月十四日的那次起义吗？”普希金毫不犹豫地回答说："一定的，皇上。我所有的朋友都参与了起义，我不会不参加的。只因为我不在当地，才能幸免于难。"

戈宝权　赏析

假如生活欺骗了你

假如生活欺骗了你，
不要忧郁，也不要愤慨！
不顺心的时候暂且容忍：
相信吧，快乐的日子就会到来。

我们的心永远向前憧憬，
尽管活在阴沉的现在：
一切都是暂时的，转瞬即逝，
而那逝去的将变为可爱。

穆旦　译

普希金在青年时代受到当时爱国思潮和进步思想的影响，并结交了一些十二月党人（俄国的贵族革命家）为朋友，写出了《自由颂》《致恰阿达耶夫》等一系列具有进步思想、抨击农奴制和暴君的诗篇，受到沙皇反动政权的迫害。

1824 年 8 月，普希金在宪警的押送下被发配到原籍米哈伊洛夫斯克村。不久，他的父母、全家人都离去，只留下一个年老的奶娘同他孤独相处了两年，过着寂寞、幽居的生活。他说，"我忍受着精神饥渴的痛苦，独自踯躅在阴暗的荒原"，他感到"气闷极了"，简直像得了"忧郁症"。好在普希金家乡附近的三山村有他的不少好友、好邻居。普希金早年结识的女友凯恩的姑母奥西波娃家就成了诗人常常探访的场所，他同奥西波娃一家度过许多欣慰的时光，友人的慰藉赋予诗人莫大激情和灵感，在此期间，普希金写出了《致凯恩》《酒神之歌》等不朽名篇。这首《假如生活欺骗了你》也是其中之一。

别林斯基说：“普希金是第一个偷到维纳斯腰带的俄国诗人……他的每个感觉、每种情绪、每个思想、每种情景都充满着诗。”

普希金热爱生活，并相信光明、正义必将胜利。虽然在他生活的长河中也布满了暗礁、漩涡，常有不称心的时候，但他总能“在一阵沉郁之后，像狮子耸起鬃毛似的突然摆摆头，把悒郁的阴云逐开”。这使他的不少诗篇充满了乐观向上的情调，使人精神振奋，可以成为培养人高尚道德情操的教科书。[1]

这首小诗，是诗人题在奥西波娃的女儿姬姬的纪念册上的。言简意赅地阐明了一种积极的人生态度。后来不少年轻人曾把它当作生活的座右铭。在我国青年人中曾产生过巨大的积极影响。

许自强　赏析

小　花

我在书里发现一朵小花，
它早已干枯了，也不再芬芳，
因此，我的心里就充满了
许许多多奇异的遐想：

[1] 正如高尔基所说：“我开始读普希金诗时，好像我走进了树林中的一片草地，到处盛开着鲜花，到处充溢着阳光。”

是哪一个春天，在哪一处
它盛开的？开了多长时间？
谁摘下的？是外人还是熟人？
为什么放在这书页中间？

可是为了纪念温柔的相会？
还是留作永别的珍情？
或者只是由于孤独的散步
在田野的幽寂里，在林荫？

是他还是她？还在世吗？
哪一个角落是他们的家？
啊，也许他们早已枯萎了，
一如这朵不知名的小花？

穆旦　译

诗人无意中看到夹在书里的一朵小花。由这朵小花想开去，想到折花的人，是外人还是熟人，是她还是他？在什么地方，哪一个春天折的，为什么把它折下来？那折花的人如今流落在什么地方？抑或和这朵小花一样，凋零了，枯萎了，被人遗忘了？这里并没有华美的词句、高昂的音调、激越的感情；也没有伤感的叹息、忧郁的情调，却在司空见惯的事物中表述了往事云烟，倏忽间即逝的思想，含蓄地流露出对故人的怀念。

一连串的问话，却没有作答，也不需要作答，因为事实上答案尽在其中了。全诗给人以空灵的感觉。难怪梅里美赞赏普希金的诗篇是“自然流露的、质朴的散文中所开出的瑰丽的花朵”。

管珑　赏析

莱蒙托夫（俄国）

米哈依尔·尤里耶维奇·莱蒙托夫（Михаил Юрьевич Лермонтов，1814—1841），俄国诗人。

莱蒙托夫的创作可分成两个时期：青少年时期（1828—1836）和成熟时期（1837—1841）。事实上，早在第一时期内，就有不少作品，如抒情诗《帆》、长诗《贵族奥尔沙》（1835—1836）、诗剧《假面舞会》（1835—1836）等，都已达到成熟的水准。

我要生活！我要悲哀……

我要生活！我要悲哀，
抛却恋爱和幸福的情怀；
热恋和幸福使我玩物丧志，
把我额上的皱纹舒展开。
如今该让上流社会的嘲笑
驱散我心中宁静的雾霭，
没有痛苦岂是诗人的生涯？
缺了风暴怎算澎湃的大海？
诗人要用痛苦的代价去生活，
要用苦苦的焦虑把生活换来，
他想要买取天国的歌声，
他不愿坐享荣誉的光彩。

顾蕴璞　译

这是一首哲理抒情诗。它用诗的旋律对诗和诗人的本质进行了哲理的思考。人们凭常识都能懂得：诗是有缺陷的人生之窗所透射出来的最迷人的理想之光。莱蒙托夫不但谙熟这一真理，而且使它升华成了诗："我要生活！我要悲哀……"是的，诗人离不开生活，也就离不开悲哀，因为生活不能没有理想，而理想的实现，在现实的条件下，尤其是在尼古拉一世治下的俄国必然要遭受种种磨难，酿成种种悲剧。因此，一个面对厄运而不感到悲哀的人是说不上懂得生活的，也是不配领受诗人的崇高称号的。然而，莱蒙托夫没有简单地重复"悲愤出诗人"的老生常谈，而有着他独特的视角和自己的诗感，所以才写得出如此饱含哲理而又充满新意的诗句，使人不仅受到思想的启迪，也获得情操的陶冶和美的享受。

诗人一反常情，把悲哀置于恋爱和幸福之上，为了悲哀，他要"抛却恋爱和幸福的情怀"，因为它们会把他额上的皱纹舒展开。当然，并不是诗人不珍视恋爱和幸福的价值，而是上流社会的嘲笑，早把他心中宁静的雾霭一扫而光了。痛苦的时代，没有真正的恋爱和幸福可言，连他笔下的"帆"也在祈求风暴，"仿佛风暴里才有宁静"，更何况是充当人民喉舌的诗人了。所以他喊出了"没有痛苦岂是诗人的生涯？缺了风暴怎算澎湃的大海"的时代最强音。诗人决心要伴随悲哀生活，誓要追随那些以悲哀换取生活的真正价值的先驱者们：因写了《自由颂》而被判处死刑的拉吉舍夫，因写了《智慧的痛苦》而惨死在国外的格里鲍耶多夫……学习他们用生命的代价"买取天国的歌声"。从创作实践看，诗人从一开始所写的诗篇，不是呻吟悲哀的现实，就是在等候悲哀的未来，"我要生活！我要悲哀"也是莱蒙托夫一生创作活动的写照。

顾蕴璞　赏析

帆

蔚蓝的海面雾霭茫茫，
孤独的帆儿闪着白光！……
它到遥远的异地找什么？
它把什么离弃在故乡？……

呼啸的海风翻卷着波浪，
桅樯弓着腰在嘎吱作响……
唉！它不是在寻找幸福[1]，
也不是逃离幸福[2]而飘荡！

下面是比蓝天清澈的碧流，
上面泼洒着金灿灿的阳光……
不安分的帆儿却祈求风暴，
仿佛风暴里才有宁静之港。

顾蕴璞　译

在莱蒙托夫的诗歌宝库中，《帆》说得上是一篇闪着异彩的杰作，不但在其早期诗作中冠压群芳，而且在他全部创作中以至在整个俄罗斯诗歌史上也都堪称不可多得的佳篇。著名作曲家华尔拉莫夫还把它谱成了一首抒情名歌。

《帆》是物化了情思的咏物诗。诗人以飘零在茫茫大海上的一

[1] 这里所谓幸福，是指世俗概念中的幸福。

[2] 对它既不寻找，也不逃避，是指处于一种对现状已经厌倦，但还未彻底决裂的彷徨状态。

叶孤帆，暗示了他因在莫斯科大学驱逐反动教授而被迫迁到彼得堡后的孤独苦闷的心绪。和帆一样，诗人也漂浮在尘世的茫茫海洋之上，迷雾遮蔽了他的前程，风浪激发他去抗争，连红日和碧流都不能给他的心灵以宁静，他只有寄希望于风暴。在追求中彷徨，在彷徨中追求，这是帆的脾性，也是抒情主人公的心态。

本诗意象丰美、跳跃，而且富有浪漫色彩。孤傲不群的性格在相互反衬的物象中显现出来：大海与孤帆、异地与故乡、寻找与逃离、红日与碧流、风暴与宁静……根据想象的逻辑，由三个蒙太奇镜头（一个诗节包含一个镜头）组接而成。这三个镜头摄自气候互异的海空，彼此之间呈现出明显的跳跃，但正是由不同的拍摄角度才能组接成一个完整的帆的形象。第一个镜头是一幅“雾海孤帆”图，传达的是天涯游子的迷惘感，他在这茫茫海面之上，想追求，但不知该追求什么，欲回望，但又有什么值得留恋呢？第二个镜头是一张“怒海风帆”画，传达的是顶风冒浪的紧迫感，汹涌的波涛反衬着起伏的心潮，但是帆儿令人不解的是，既不在寻找幸福，也没有逃离幸福，它一定是在寻找别的什么吧，但到底是什么呢？第三个镜头则描绘了“晴海怪帆”的情景，传达的是一种逆反感。风平浪静，丽日碧流，可是帆儿却在祈求风暴，噢！原来，只有在风暴里它才寻找得到宁静之港。丽日碧流、风平浪静的宁静不过是虚假的宁静，正如尼古拉一世专制统治下上流社会的歌舞升平一样，必须用风暴打破这个假象，才能真正找到自然界和心灵世界的宁静境界。这就是《帆》的象征意蕴。

诗的结构极为严谨，除三个诗节均为一、二行写景，三、四行抒情外，各诗节的最后两行节节相扣，围绕一个帆的价值取向的问题。第一诗节设问：“寻找什么”。第二诗节否定地为设问作答：不是在寻找幸福，也没有逃离幸福。第三诗节则从正面为设问作答：

帆儿寻找的是风暴，因为风暴才孕育着宁静，这才是它所要追求的真正的幸福。

顾蕴璞　赏析

祖　国

我爱祖国，是一种奇异的爱！
连我的理智也无法把它战胜。
无论是那用鲜血换来的光荣，
无论是那以愚信自豪[1]的平静，
无论是那远古的珍贵传说[2]，
都唤不起我心中欢快的憧憬。

但是我爱（自己也不知为什么）：
她那冷漠不语的茫茫草原，
她那迎风摇曳的无边森林，
她那宛如大海的春潮漫江……
我爱驾马车沿乡村小道飞奔，
用迟疑不决的目光把夜幕刺穿，
见路旁凄凉村落中明灭的灯火，
不禁要为宿夜的地方频频嗟叹；
　　我爱那谷茬焚烧后的袅袅轻烟，
　　我爱那草原上过夜的车队成串，

[1]　指百姓以对沙皇的无限信任而自豪。
[2]　指关于沙皇统治的精神支柱之一的东正教的佳话。

我爱那两棵泛着银光的白桦
在苍黄田野间的小丘上呈现。
我怀着许多人陌生的欢欣
望见那禾堆如山的打谷场，
望见盖着谷草的田家茅屋，
望见镶着雕花护板的小窗；
我愿在节日露重的夜晚，
伴着醉醺醺的农夫的闲谈，
把那跺脚又吹哨的欢舞，
尽情地饱看到更深夜半。

顾蕴璞　译

这首诗是莱蒙托夫祖国主题的总结和升华，也是他对保皇的斯拉夫派所鼓吹的愚忠的正统爱国观念的反叛。诗人在这里宣告，他要用连自己的理智都无法战胜的“奇异的爱”，要用“许多人陌生的欢欣”，来爱祖国的山川、森林、沃野和田亩，来爱农民哀中有乐的淳朴生活。

诗人这种祖国观被世人视为“奇异”，这在十九世纪三四十年代的俄国是并不奇怪的。首先是因为它一笔勾销了沙皇当局引以为自豪的“用鲜血换来的光荣”，也就是沙皇尼古拉一世对十二月党人的狠毒绞杀，对“霍乱暴动”、诺夫哥罗德村民起义等的血腥镇压，对波兰起义的无情扑灭，对高加索的野蛮掠夺等。其次是因为它全盘否定了百姓“以愚信自豪的平静”的心态。再次则是因为它从此不再迷恋东正教的那些古老的珍贵传说了。总之，诗人的视线，从沙皇移向百姓，从愚忠移向觉醒，从“古往”移向“今来”。这就是莱蒙托夫的叛逆精神在祖国主题上所实现的重大突破。

在表现手法上，《祖国》也是独辟蹊径的。它一反浪漫主义空灵虚夸的诗风，改用了严格写实的笔法，如引人注目地采用了铺排（即我国古代文论所说赋、比、兴中的赋）技巧，给人以一种返璞归真的美，一种充满生活气息的美。全诗充分发挥了铺排的艺术感染力，第一诗段一连用了三个“无论”，第二诗段一连用了五个“我爱”和三个“望见”，像奔流不息的江水，一浪高过一浪，汹涌奔腾，一泻千里，痛快淋漓地把长年累月积淀在诗人胸中的祖国情倾泻无余。对于一个从浪漫主义向现实主义过渡的转折时期的诗人来说，《祖国》正是创作方法过渡的鲜明标志之一。

“我爱祖国”，是爱什么样的祖国？是爱沙皇的俄罗斯，还是爱人民的俄罗斯？是爱污浊不堪的上流社会的俄罗斯，还是爱清新美丽的自然界和乡村的俄罗斯？这是全诗明点或暗示的神韵所在。诗人在第一诗段中采用了暗示的手法，说沙皇的武功、人民的恭顺和远古的传说全都唤不起他心中欢快的憧憬。那么到底什么才能唤起他心中的美好憧憬呢？诗人在第二诗段中便点明了他所憧憬的到底是什么，原来就是“那冷漠不语的茫茫草原”“那迎风摇曳的无边森林”“那宛如大海的春潮漫江……”这是鸟瞰式的宏观镜头。与此同时，他的诗的“摄像机”还拍摄了不少特写式的微观镜头，诸如乡间小道上的滚滚车轮，凄凉村落中的悠悠灯光，谷茬焚烧后的袅袅轻烟……这一切难道不是俄罗斯农村的典型景色的写照？尤其是那傲然挺立、泛着银光的白桦，自古以来就是俄罗斯的象征。诗人笔下的农村景象有哀也有乐，有凄凉村落中颤抖的灯光，也有聚在一起跺脚又吹哨的欢舞；有冷漠不语的茫茫草原，也有滔滔不绝的农夫闲谈，是真实的生活的写照，是悲与喜的交织：农民是贫困的，农奴制的重负压得他们喘不过气来，但农民又是乐观的，热爱生活的，尽管心头笼罩着长久的痛苦的愁云，但他们是不会放弃哪怕是短暂的欢乐的，因为他们热爱生活。

顾蕴璞　赏析

叶

一片橡树叶[1]离开了它的亲密的枝头，
为无情的风暴所追逐，飞向旷野荒丘；
它受尽寒暑困苦的摧残而枯萎凋零，
就这样地终于辗转漂泊到黑海之滨。

在黑海岸上长着棵年轻繁茂的白杨；
微风在抚摩着绿枝，正同它倾诉衷肠；
在那碧绿的枝上摇晃着几只极乐鸟，[2]
它们歌唱着关于海王的光荣的曲调。

漂泊者紧紧贴在高高的白杨树根旁；
它怀着深深的悲哀恳乞暂时的寄藏，
它这样地说："我是一片可怜的橡树叶，
我未老先衰，我生长在那寒冷的原野。

"我独自茫然地在这世界上漂泊许久，
我凋残了，没有梦[3]也没有安息的时候。
请你把这异乡客收留在你的绿叶间，

---

[1] 橡树，是高大的落叶乔木，多生长于荒山地区。

[2] 极乐鸟，亦称"凤鸟"，有多种。其中有一种大如黄鹂，体态、羽毛极华美，栖息丘谷林中，为世界著名的观赏鸟。这里隐喻那些歌功颂德、粉饰现实的人。

[3] 梦指对美好生活的幻想。

我知道不少稀奇绝妙的故事美谈。”[1]

“我要你有什么用？”年轻的白杨对它讲，
“你又脏又黄——怎能配我那鲜丽的儿郎？
你多闻多见——但我要你的故事干什么？
极乐鸟的聒噪早已折磨够我的耳朵。”

“走你的路吧；啊，漂泊者，我不认识你呀！
太阳爱我，我为它而生长，为它而开花；
在这里我把我那树枝向着天空高伸，
而那寒冽的海水在冲洗着我的树根。”

余振　译

“谁也不来听取我的语言……我独自一人”
“能向谁伸出自己的手”
“我惴惴不安地瞻望着未来，
我哀伤地回顾着已往，
我正像一个临刑的死囚，
向四面寻找着亲切的心灵”
…………

上面这些哀怨的诗句同这首《叶》写在同一时期。

在黑暗的俄罗斯，诗人感到极度的孤独、寂寞。他看不到前途和光明，只是徒然怀着一线希望在探索着、寻找着，然而得到的回忆却是冷酷的。这使他的诗更明显、更尖锐地表现出“怀疑、否定、

[1] 故事美谈，喻指美好的真理和理想。

痛恨的思想”（赫尔岑语）。这首正是这种一贯思想的流露，反映了“深沉的幻灭的时代”的悲哀。

《叶》全诗采用了象征手法。一片生长在“寒冷的原野”的橡树叶，“受尽寒暑困苦的摧残”，终于“未老先衰”“枯萎凋零”了。它又为“无情的风暴所追逐”，只能独自茫然地辗转漂泊。好不容易来到黑海边，它恳乞南国的骄子——白杨，能给它一个容身之处，却遭到了无情的拒绝。因为它“又脏又黄”，而它的才智（知道许多绝妙美谈）对白杨又毫无用处。

很显然，这片饱经忧患的橡叶，正是诗人悲惨身世的象征，也是当时命运坎坷的进步志士的共同象征。他们的理想、抱负无处实现，他们的才华无人赏识，降临他们头上的只是漂泊、流放、苦刑、死亡……而那傲岸、骄贵的白杨，正影射着平庸得意之辈，体现出人世的黑暗和冷酷。这一切完全是当时俄罗斯现实的真实反映。不过，诗中毕竟透露出企图摆脱孤独的愿望。它写于诗人生命的最后一年，多少露出一点积极的亮色，反映了当时一部分觉醒的知识分子的共同心理。

这首诗除了通篇具有象征性外，还巧妙地运用了对比、拟人等艺术手法把叙述、描绘和生动的对话穿插在一起，带有寓言、童话的色彩，读时饶有风趣，掩卷发人深思。庄严的内容赋于活泼的形式，反映了诗人艺术上的成熟。

许自强　赏析

常常，我被包围在红红绿绿的人群中[1]

常常，我被包围在红红绿绿的人群中，
每当我面前，仿佛是透过迷离的梦境，
　　　　满厅里舞姿翩翩，乐声悠悠，
低声讲着纯熟的话，表面却羞羞怯怯，
好多没有灵魂的、戴上礼仪的假面的
　　　　人样的东西晃来晃去的时候；

每当多时来早已不再畏缩的纤手不断
带着那种城市女郎的放浪不羁的大胆
　　　　碰到我那冰冷的两手的时候，
我在表面上沉湎于他们的浮华与辉煌，
而内心里却爱抚着我那些往日的幻想，
　　　　那些逝去年月的神秘的哀愁。

如果我不管怎么样能即刻把一切忘掉，——
我就借着回忆像自由的、自由的小鸟
　　　　飞向那个不怎么久远的往时；
我看见自己还是个小孩子，而在四旁
都是可爱的地方：高大的贵族的庭堂、
　　　　美丽的花园和那废圮的暖室；

沉睡的池塘被浮萍的绿网轻轻地掩起，

[1] 原诗无标题，这里采用诗的第一句为题。从1831年以后，莱蒙托夫的抒情诗常常采用具有独特风格的日记体，这种诗体日记，通常是以写作的日期做题目。

池塘那边荒村中冒起炊烟——远远地
　　　　雾霭高高笼罩着田野和丛莽。
我走向幽暗的小径；越过了树林田野
眺望着那苍茫的暮色，而枯黄的落叶
　　　　在我轻轻的脚步下飒飒作响。[1]

而奇异的忧思在我的胸膛中纷乱如麻：
我想着它，我哭着它，我也在爱着它，
　　　　我爱我那幻想中美丽的女郎，
她长着一对充满了天蓝色火焰的眼睛
她脸上玫瑰色的微笑正好像丛林上空
　　　　黎明时候升起的那一抹霞光。

正如同一个奇异的国度的至高的君王——
我常常这样独自一个默默地呆坐半晌，
　　　　在怀疑与热情的急风暴雨下
这些回忆而今还活生生地留在我心里，
如同大海中一座清丽的小岛，安然地
　　　　在海洋湿润旷野上开着花。
当我清醒过来，识破了梦幻的欺骗，
而人群的喧嚷把我的那些美好的梦幻，
　　　　喜庆中不速的来客都给赶去，
啊，我真想搅乱他们那些欢乐的嬉戏，
而对着他们的眼睛大胆地愤然地投以

[1] 此节是诗人回忆他的童年生活，描写的是他在塔尔罕内的外祖母庄园的房子和花园。

注满悲痛与憎恨的铁的诗句！……

余振　译

又苦闷、又烦忧，能向谁伸出自己的手，

在这样心怀抑郁不乐的时候……

1840年过新年那天，莱蒙托夫在彼得堡参加了一个假面舞会。参加舞会的人中，除了爵爷贵妇外，还有几位大公主，沙皇的女儿也戴着假面具戏耍地追逐着诗人。莱蒙托夫装作没有认出她，用开玩笑的无礼态度回答这“至尊”人物。诗人被上层社会里那些红红绿绿的人群包围着，感到无比厌恶，不禁怀念起童年时代乡村幽静可爱的世界。这首诗就是在那次舞会后写下的。

前两节诗人以犀利的笔触，尖刻地嘲笑了彼得堡上层社会中的权贵，把他们讥为“没有灵魂的”、晃来晃去的“人样的东西”。对那些虚情假意的女士更投以无比的蔑视。从第三节开始，诗人的灵魂飞出了令人窒息的舞厅，翱翔于乡村广阔的大自然中。他眷恋着家乡池塘的浮萍，远村的炊烟，田野的枯叶，“幻想中美丽的女郎”……感到无限欣慰和亲切。这一对比，更突出了诗人强烈的爱憎。可惜梦幻毕竟不能长久，诗的最后，诗人又回到了丑恶的现实。他唯一的报复也只能是向可憎的人群投以“注满悲痛与憎恨的铁的诗句”了。

莱蒙托夫的抒情诗里，主人公(诗人自己)的形象常常十分鲜明。读这首诗，我们仿佛随同诗人周旋于烦嚣的人群，又随诗人漫步于俄罗斯宁静的田野，并始终看到诗人那双阴郁、厌倦、轻蔑而又富于幻想的眼睛。

伟大作家屠格涅夫曾在这次舞会上亲眼见到过当时的情景：“人们不给他一刻安静，不断地去纠缠他，去同他握手，一个假面完了，再换一个假面。而他几乎动都没有动，默默地听着他们嘈闹，轮流地把自己阴郁的眼睛向他们一一地转去。我当时觉得，我在他的脸上已经捕捉到了创作的最好表现。”

诗人在舞会上的傲慢态度，加上这首诗的公开发表，引起了沙皇俄国宫廷上下的憎恨和报复。不久，他们用流言和奸计，把诗人逐出了彼得堡。

许自强　赏析

迈科夫（俄国）

阿波隆·尼古拉耶维奇·迈科夫（Аполлон Николаевич Майков，1821—1897），俄国诗人。他的重要诗集有《诗集》（1842）、《给小姐们》（1846）、《罗马素描》（1847）、《克莱寺院》（1853）、《一八五四》（1855）等。

爱情、自然、艺术，是迈科夫诗歌的基本主题。他善于以一个画家的敏锐眼光，把大自然各种美妙的瞬间捕捉到他的诗行中。大自然在他的笔下，充满了沁人的芬芳和灵性。但他的风景诗，常常与人民生活的描绘结合在一起，从民间传说中取材，因而富有生活气息。迈科夫对于爱情的描写也十分真切细腻，常常穿插着对生活的思考，富于哲理性。

沉　思

无忧无虑的生活，像明媚的晴天，
惊恐不安的生活，是初春的雷雨。
彼地，在橄榄树的酷热中，阳光投下荫庇，
此处，有迅雷，有闪电，有眼泪……
哦！我欲领略春日雷雨的斑斓色彩
　　和那如注的泪水，既辛酸又甜美！

黎皓智　译

这是一曲进取者的颂歌。诗人以自然景色为烘托，表现了他勇于求索的精神，充满着昂扬的情绪。全诗只用了两处比兴，言彼及此，寄托自己的联想。“明媚的晴天”和“初春的雷雨”分别比喻不同的生活情绪。彼处有阳光荫庇，此处是闪电迅雷，生活无论呈现出什么色彩，诗人都欲领略一番。即便是眼泪，不管甜酸苦辣，人生也应该品尝。

寥寥数行，并冠以“沉思”为题，加强了诗歌的思辨色彩，贯穿着诗人对人生意义的思考。

黎皓智　赏析

春

一朵淡蓝色的
　　纯净的迎春花！
依偎在松软的
　　最后一片雪花旁……

是最后的泪水
　　诉说往日的辛酸，
是最初的梦幻
　　把另一种幸福期待……

黎皓智　译

春天是什么？在古今中外的文人雅士中，留下了多少千古绝唱！然而，读了迈科夫这首《春》，不禁令人拍案叫绝。

正如一叶飘落而知秋，一滴水可以映照出整个大千世界一样，依偎在“最后一片雪花旁”（请注意“最后”二字，言冰雪已融尽）的一朵纯净的迎春花，报告了春之信息。仅此一景，便展示了姹紫嫣红的大好春光。

然而，诗人没有更多的描写，而是转入深沉的思考：最后一片雪花融成的泪水，诉说着往日的辛酸，第一朵迎春花好似最初的梦幻，把另一种幸福期待。诗人把视觉形象转化成回忆和幻境，不仅加深了诗歌的意蕴，而且赋予作品一种飘忽状的朦胧美。人生，总希望告别辛酸的往昔，期待未来的幸福，这就是春天的含义。

黎皓智　赏析

秋

黄灿灿的落叶铺满了
　　林中湿润的土地……
我莽撞地用双脚踏碎了
　　树林中春天的美丽。

我的两腮冻得火热：
　　而在林中奔跑十分惬意，
倾听树颤动的声响，
　　用脚把落叶搂在一起！

这里再没有我往日的慰藉！
　　森林也脱下了神秘的外衣：
最后一颗胡桃已被摘下，
　　最后一朵鲜花已经凋谢；

青苔已不再恣意地蔓延，
　　蓬松的乳蘑也不再连绵崛起，

越橘果穗的紫色罗衣
　　也不在树桩周围悬起。

深夜的严寒躺在落叶上
　　久久不散，明净的天空
穿过树林冷眼凝视着
　　这染过秋色的大地……

落叶在脚下簌簌地响个不停；
　　死神把自己的祭品铺砌……
只有我内心充满了欢愉——
　　如痴如狂地唱着歌曲！

我知道，在青苔中摘下早春的花朵
　　并非徒然，有着深刻的道理；
当秋天鲜花盛开的季节来临
　　每一朵花儿都会和你相遇：

心灵向鲜花诉说着什么，
　　鲜花又向心灵捎来了那些话语，——
在冬季那漫长的日日夜夜，
　　我会怀着幸福的心情来回忆！

落叶在脚下簌簌地响个不停……
　　死神把自己的祭品铺砌！
只有我内心充满了欢愉——
　　如痴如狂地唱着歌曲！

黎皓智　译

秋天本来是万木萧瑟的季节，容易使人产生感伤惆怅的情绪；这一首诗却反其意，抒发了诗人积极乐观的精神。

诗篇从大自然之秋写到诗人的心灵之秋。大自然的秋天是一幅现实主义图画：青苔消失，严寒凝聚，落叶铺陈在大地，森林脱下了神秘的外衣。秋天是严峻的，带走了人们“往日的慰藉”；秋天也是可怕的，“死神把自己的祭品铺砌”。然而，诗人在着力渲染了这个纯净的秋天世界之后，并没有抒泄孤独和苦闷的情绪；他笔锋一转，流露出自己内心的欢愉，他在“如痴如狂地唱着歌曲！”诗人心灵上的秋天是欣欣向荣的。

迈科夫不仅用诗人的心灵去感受秋天，而且用哲学家深邃的思想去理解秋天。在冬季那漫长的日日夜夜之中，他透过秋天的落英，可以怀着幸福的心情回忆起春天的明媚。这，就是“心灵向鲜花”诉说的悄悄话语，也是“鲜花向心灵”捎来的信息。心灵上的感应和思想上的顿悟相契合。

诗人把景、情、理结合在一起，情景交融，以情达理。写景，浓淡交错，动静相宜；写情，热烈明丽，真挚感人；写理，言此及彼，余味无穷。秋色美、心灵美与情操美交融在一起。

黎皓智　赏析

叶赛宁（俄国）

谢尔盖·亚历山德罗维奇·叶赛宁（Сергей Александрович Есенин，1895—1925），俄罗斯诗人。生于梁赞州康斯坦丁诺沃村（现名叶赛宁村）一农民家庭。教会师范学校毕业。第一本诗集《扫墓日》于1916年出版。主要作品有诗集《俄罗斯与革命》（1925）、《苏维埃俄罗斯》（1925）和长篇叙事诗《安娜·斯涅金娜》（1925），以浓郁的抒情著称。叶赛宁憧憬崇高的精神境界，但在个人生活中常常受感情的盲目驱使而不能自拔，最后在精神忧郁中自杀。

白　桦

洁白的白桦树，
站立在我的窗前，
披一身雪粉
好似银子镶嵌。

在那树枝上
挂着白雪一串串，
毛茸茸的枝条
白缨缨一片。

在沉睡的寂静里，
白桦伫立默然，
那金色的火焰
又把雪花点燃。

慵懒的朝霞
偎在白桦的身边。
为白桦再次银镀
全身更加皑皑耀眼。

蓝曼　译

在艺术中，诗与画的联系一向最为紧密，我国有讲究“诗情画意”的传统，西方也有“画是无声诗，诗是有声画”的说法。当然，并非所有的艺术家，都能像王维那样达到“诗中有画，画中有诗”的境界，只有那些诗画兼长或者说能以画家的审美视角作诗的诗人才能做到。叶赛宁便是这样的一位诗人。在他那些描绘自然景色和生活画面的作品中，我们可以分明感受到这一点。《白桦》可以算作一个代表。

众所周知，俄罗斯人对白桦树有着特殊的情感，因为白桦在俄罗斯高寒地带依然能够成片成片地茁壮成长。她英姿挺拔，刚强屹立，颇有英雄气概；同时，她那银色的枝条，闪光的叶片，修长的躯干，又不乏柔性的秀美，可谓刚柔兼备。难怪她受到俄罗斯人民的普遍钟爱，连他们最优秀的歌舞团都以此命名。

叶赛宁的这首《白桦》是对白桦树优美品德的赞颂。一方面，他对白桦的洁白、沉静、淡雅极尽赞美，同时，又把白桦安置在一个灿烂光华的优美世界，那挂满枝条的白雪“好似银子镶嵌”，又让她闪耀在“金色的火焰”旁；接着，又以明丽的朝霞，为她涂上一层妩媚耀眼的暖色，这一切，犹如一幅印象派大师的油画，色彩缤纷，光焰夺目，不禁使人联想到毛泽东《沁园春·雪》词中所创造的“须晴日，看红装素裹，分外妖娆”意境。当然，在这枝亭亭玉立的白桦形象中，我们还可以领悟到它蕴含的象征意义，深深感受到诗人对大自然的爱，对家乡乃至对祖国的爱。

科瓦廖夫说：“叶赛宁的早期诗作都洋溢着对可爱的俄罗斯大自然的热爱，诗人仿佛努力要使自己和大自然融成一体。”的确，我们处处可以感到，“人和大自然在叶赛宁身上的融合为一”，美丽的大自然赋予诗人以灵感，而诗人则把自然景物人格化，使它们“充满了各种色泽、音响和律动”，给人以无限的艺术美感。

许自强　赏析

施帕乔夫（苏联）

斯捷潘·彼特罗维奇·施帕乔夫（Степан Петрович Щипачёв，1899—1979），苏联诗人，曾两次获得斯大林文学奖。

要善于珍惜爱情

要善于珍惜爱情，
年代愈久，愈要加倍珍惜。
爱情不是月光下的散步，
也不是长凳上的叹息。

爱情中会有风波和雨雪，
因为一辈子要生活在一起！
爱情正像一首好歌，
可是编一首好歌却不容易。

飞白　译

施帕乔夫的爱情诗，写得几乎都这样短小，这样朴素自然。初读起来，好像是有人与你娓娓聊天，说着他的心里话。但是，重新回味一下他那平淡无奇的诗句后，总有一种恍然大悟之感，你才领会到，他的字里行间都饱含着没有亲身体验的人不可能悟出的人生经验、生活的真理。爱情“要善于珍惜”，这是人人会说的话，人人似乎都明白的道理，但要真正说到做到却十分不易。爱情是男女双方的一种缘分，不管是善缘，还是恶缘，这要双方的共同努力和创造，绝不是上帝的赐予。只有那些懂得爱情不是月光下的散步、长凳上的叹息，两人要生活一辈子，总免不了风风雨雨的人，才会有充分的思想准备，走向时间和感情的考验。爱情是甜蜜的，会给你力量，给你勇气；爱情也可能是苦酒，让你失去信心，变得颓废。诗人的一句“爱情正像一首好歌，可是编一首好歌却不容易”，说尽了其中的道理。从这个角度看，说这是一首爱情诗，倒不如说是一首哲理诗更为合适。

连铗　赏析

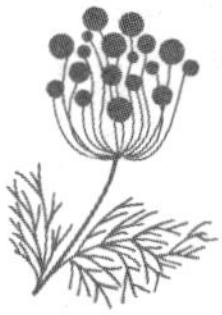

舍夫涅尔（苏联）

瓦季姆·谢尔盖耶维奇·舍夫涅尔（Вадим Сергеевич Шефнер，1914—2002），苏联诗人。第一本诗集《光明的岸》于1940年出版。主要作品有诗集《保卫》（1943）、长诗《城郊会见》（1945）、诗集《意外的一天》（1958）等。他早期的诗以战争题材为主，回忆和歌颂保卫祖国的英雄战士。20世纪60年代以来，主要写道德、职责、忠诚、幸福主题。舍夫涅尔继承和发扬了丘特切夫、叶赛宁等人的哲理抒情诗传统，用词严格，韵律一丝不苟，创作了一系列脍炙人口的优秀诗篇。

箭

我想射的不是鹫，
不是森林密菁里的猛兽，
我把不公正的愤恨之箭
射向了自己的朋友。

我没有命中目标……
莫不是我们俩走运？
但是我射出去的恶箭
在田野上飞呀飞进。
穿越森林的一排排树木，
透过城市的一面面墙壁，
从海洋那汹涌的波涛上

把一簇簇浪花带起。

透过暴雨和风雪，
刺穿教堂和围墙，
也把座座大山钻透，
像威力无比的钻孔机一样。

我那有罪过的箭，
飞呀飞进我的谷地——
它环绕着地球飞来，
为的是扎进我的背脊。

王守仁　译

这诗语言明朗浅显，意蕴却颇为深厚。阐发富有警策意味的“害人如害己”这种不朽主题，在古今中外的文艺作品中并不少见。《箭》是以其艺术想象和构思方式的独特而闪出奇异的光彩的。这里不像一般诗歌中追求真实情景逼肖的描绘，或者直抒胸臆式地阐述某种理念，而是采用虚拟的想象，让具有象征意义的“箭”环地球一周，“飞”回原地，命中罪恶的真正目标。此时，诗的形象立刻变得明晰，闪出思想的光华。诗中既有叙事细节的变化，又渗透着理性的深思。无疑，诗人是刻意向人的灵魂深处开掘的。也许，只有如此才能充分体现出哲理抒情诗的诗美。你看，此诗虽属典型的哲理抒情诗，却没有一点借诗谈理的痕迹。虽然想象奇特，却完全符合逻辑和客观真理，因而既有美学价值又能启迪人的心智。

王守仁　赏析

叶夫图申科（苏联）

叶夫盖尼·亚历山德罗维奇·叶夫图申科（Евгений Александрович Евтушенко，1933—2017），苏联诗人。代表作品有诗集《探索未来者》（1952）、《第三场雪》（1955）、《热情者之路》（1956）等二十余种。他是苏联20世纪50年代末60年代初“大声疾呼派”诗人的代表人物。他的诗题材广泛，富有抒情性与政论性，既写国内现实生活，也干预国际政治，代表了苏联批判“个人崇拜”后的社会思想情绪。他的许多政治诗都体现出对人类命运和世界未来的透彻观察。1981年发表了长篇小说《浆果处处》，1982年发表了电影文学剧本《幼儿园》和长诗《妈妈与中子弹》。后者获1984年度苏联国家奖金。

我常常同虚伪搅合在一起

我常常同虚伪搅合在一起，
但是撇开纯洁不说，
如果我手中还捧有神圣的火星，
那么，这就是我的祖国。

没有荣耀，活着并非没有着落，
但是，朋友们，无论如何，
要说缺少了什么就无法生活，
那么，这就是我的祖国。

世上的一切都并非无限——

大自海洋，小到小河，
但是，要说世上有什么是永恒的，
那么，这就是我的祖国。

在生活中我常常贸然行事，不假思索，
自己把自己往什么地方拖，
但是，要说我为了什么而牺牲自己，
那么，这就是我的祖国。

一旦我离开人世，太阳照常升起，
大地存在，人们照旧生活，
要说有谁会回想起我，
那么，这就是我的祖国。

王守仁　译

对于熟悉现代诗诗风的读者来说，浪漫主义直抒胸臆的“诗言志”方式，常常给人以傻不楞登的感觉，直露、单调、笨拙，诗人激昂慷慨、煞有介事，读者却不买账。这是一首以爱国主义为题旨的感人诗篇，从头到尾贯穿了一个接一个的诡论。那看起来如同瀑布般直泻而来的诗人汹涌的感情，却原来由一个接一个的情感涡流构成：不得不虚伪油滑处世和对祖国的纯洁之爱，追求荣誉却不能没有祖国，世界之大的惊叹和确信祖国之永恒，个人的莽撞、草率和思量再三去牺牲的决断，人生的短暂和报效祖国从而与祖国同在，这所有的情感涡流，各自包含着一个否定和一个肯定，一声喟叹和一缕柔情，一份雄奇和一股浩然之气。说确切一些，一节诗是一个诡论，一个诡论包含一组对立的否定与肯定，一组复合情绪与一个诡论对应相谐，而在节与节之间形成总体情绪的跌宕递进和回环往复。应该说，单一型、直线型的抒情方式被叶夫图申科改造过来，而代之以复合和辩证统一的抒情方式。这首诗，就如同一团发光的旋转的星云。

相同主题的诗，人们很容易就联想到莱蒙托夫的《祖国》，那也是一首用复合辩证的抒情方式写成的，“我怀着一种奇异的爱情热爱祖国，连我的理智也无法把它战胜，无论是鲜血买来的光荣，无论是虔诚崇信后的宁静。”但如果说莱蒙托夫的复合抒情方式，主要是一种悲喜交加的抒情方式，且侧重于悲剧性的沉重感的抒发，喜剧性的俄罗斯大自然和农村风光的优美描写，其亮色和暖色愈加衬托出这份爱的深度沉重。而叶夫图申科的情感结构，虽然也是一种悲喜交加的情绪复合，但因斗转物换、时序推移的关系，祖国悲剧性的苦难深重的主题消退了，代之以个人命运和心灵对话的悲喜剧，这就是个人心灵层次上那种虚伪和纯洁、伟大和渺小、苟且和奉献之间的冲突。“一旦我离开人世，太阳照常升起，大地存在，人们照旧生活，要说有谁会回想起我，那么，这就是我的祖国”，升华战胜了沉落，永恒战胜了短暂，那安身立命的祖国增加了一层更为重要的意义，这就是诗人心灵的家园，心灵的居所！

楼肇明　赏析

在钢铁浇铸的诗行里

在钢铁浇铸的诗行里，
隐藏着冷酷的儿戏。
我把善与恶的搏斗
放在高于诗歌的地位。

诗歌无疑是僵尸一具，
当冷漠的创作之笔
颠倒黑白，是非不辨：
称善为恶，称恶为善。

冷漠——这是一种缺陷。
我信任这样的诗句，
要是它具有人的面孔：
有喜悦，有愤怒，有羞耻。

诗行里有半吞半吐的话为妙，
但不要有带气馁意味的含意，
如果诗行没有浸透血液——
诗人的威信就会降低。

我见到两个时代的冲突，
亲自参与摧毁恶势力，
这就是我的生成，
其他一切都属于技艺。

的确，谁的声音悦耳动听，——
这对我又有什么意义。
善取得胜利——证明我做得对，
恶占上风——我该受申斥。
然而在文学的殿堂里，
也有这样一种骗局，
就像娶两个老婆似的重婚：
把善与恶均娶为妻。

要滑头永远也成不了天才。
艺术自有艺术的规律，
伟大艺术的成功
从来都不是恶势力的胜利。

王守仁 译

写这首诗的时候，叶夫图申科已有四分之一世纪以上的创作生涯史了，这无疑不是一首一般谈论一下诗艺的“诗品”，而是诗人创作甘苦的总结，是诗人勉励自己刻在案头的诗的座右铭。俄罗斯诗人，从普希金创始以来，这类总结自己创作生涯的论诗的诗，可谓代不乏人。公民的责任感、诗人的历史使命充斥其间，那浩然正气扑面而来，“我为自己建立起一座非人工的纪念碑”，“我为倒下了的人们祈求过怜悯和同情”，“我的名字将永远活在月光下的世界上！”值得注意的是，普希金紧贴时代风云进行个人总结的传统一直延续下来，叶夫图申科也在步先人的遗风流韵。在他谈诗的诗里，思维的触角已伸向了时代的心脏，不过他更侧重将个人的创作史与时代的诗歌史联系起来，在总结个人创作的同时向自己游弋其中的诗歌河流的涨潮与落潮、河湾与浅滩投去严厉的一瞥。而这严厉无情的一瞥，高瞻远瞩，鞭辟入里，显示了他将审判自我与审判时代的辩证联系同时揳入了诗的肌体。

把这首谈诗的诗拆散开来，重新加以整理的话，我们就会发现是由三个由低到高的层次组合起来的：（一）“诗行里有半吞半吐的话为妙，但不要有带气馁意味的含意，如果诗行没有浸透血液——诗人的威信就会降低。”这第一个层次是诗人的甘苦之谈。“半吞半吐”对于艺术体现来说是重要的，是诗的表达方式的第一诀窍，又仅仅是表达方式的诀窍而已，它服务和从属于诗人所要表达的内涵，与诗人对内涵的自信、信念却不是背离的。含蓄是诗人对读者的信任，但好像还没有哪一位诗人和诗论家谈过，从创作的主体讲，含蓄还首先是诗人对自己的自信，没有诗人的自信，含蓄就会成为含混，成为模棱两可，战战兢兢的态度怎能取信读者呢？！因而，“半吞半吐”的前提条件是诗人的热情和自信，他区别于买空卖空、故弄玄虚、以冷漠来愚弄读者的人之处，就是诗人自己的一腔热血，是诗人人格的真诚。这就将纯粹的技巧与创作主体统一起来了，换句话说，诗人是从小处落笔、大处着眼的。（二）诗人的大处着眼，由两股思绪交汇而成：诗人由具体的诗艺引向对诗的本质、诗的生死存亡的思考，即美学思考，与对时代历史的思考交汇起来。在诗人看来，诗和美的本质是善的胜利，诗永远要站在善的一边。这个善，当然不只是伦理道德意义上的善，而是一种历史的善，即历史的进步，“善与恶的搏斗”，“高于诗歌的地位”，诗的善要从属和服务于历史的善。这是俄罗斯诗歌的传统，也是叶夫图申科世界观和诗歌美学中的精髓。（三）如果说诗人对诗艺的总结是第一个层次，美的本质的思考和包括诗歌史在内的对历史的思考是第二个和第三个并列交汇的层次，那么，贯串这一切的却是诗人时时都不忘要高高擎起的人道主义思想。可以说，他反对人与人之间的冷漠，把冷漠视之为诗之大敌，并贯串诗的始终，其原因也正在这里。

楼肇明　赏析

蒙塔莱（意大利）

埃乌杰尼奥·蒙塔莱（Eugenio Montale，1896—1981），意大利当代著名诗人，隐秘派诗歌的旗手。1925年因抒情诗集《乌贼骨》一举成名。主要诗集有《境遇》(1939)、《暴风雨及其他》(1956)、《萨图拉》(1971)等。他在翻译方面也卓有成就，曾把莎士比亚、狄金森等人的诗完美地译成意大利文。1975年获诺贝尔文学奖。

汲水的辘轳

汲水的辘轳碾轧转动，
清澄的泉水
在日光下闪烁波动。

记忆在漫溢的水桶中颤抖，
皎洁的镜面
浮现出一张微笑盈盈的脸容。

我探身亲吻水中的影儿，
往昔蓦然变得模糊畸形，
在水波中荡然消隐……

唉，汲水的辘轳碾轧转动，
水桶又沉入黑暗的深井，
距离吞噬了影儿的笑容。

吕同六　译

《汲水的辘轳》是最能体现蒙塔莱诗歌特色的抒情诗之一，收入诗人的处女作《乌贼骨》。蒙塔莱运用隐喻、象征的手法，赋予日常生活中普通的水井、泉水以深邃的寓意。汲水的辘轳碾轧转动，从深井中汲取泉水。蒙塔莱巧用新奇的想象，以此隐喻诗人从记忆的深处追寻往昔的形象。泉水终于从深井汲出，在日光下闪烁波动；诗人也从记忆的深井中捕捉到逝去的青春年华，水桶中漫溢的泉水映显出青春的盈盈微笑。然而，当诗人欣喜地走上前去，正欲亲吻青春的可爱形象时，往昔的脸容蓦地变得模糊畸形，在泉水中消隐。

诗人受到触动，引发感情，他把笔锋一转，再次以汲水的辘轳为隐喻，直吐胸臆。正像水桶又沉落黑暗的深井，诗人哀叹青春年华的可爱的影儿也从记忆的深处荡然失落。

诗人身受现实生活之恶的重压，希冀在回忆中得到解脱。对于诗人而言，对往昔的回忆，原是他抵御残酷的、变幻无定的现实的精神支柱。然而，诗人竟无法维护自己的回忆，美好的往昔不只在现实中无法再现，甚至在回忆中，除了带来一瞬间的喜悦，也是稍纵即逝，最终归于破碎，消失。

蒙塔莱在这里以深井喻记忆，以水面颤抖的笑容喻记忆中的青春岁月，新颖别致。诗中句句隐喻青春，句句抒发对失去的青春的缅怀，如影随形，紧密勾连，情真意切地咏叹了人生的坎坷与苦闷，对生活的美和价值的不可遏止的追求。

吕同六　赏析

夸西莫多（意大利）

萨瓦多尔·夸西莫多（Salvatore Quasimodo，1901—1968），意大利当代优秀抒情诗人，隐秘派诗歌的重要代表。他出生在西西里岛。曾在大学攻读工程学、文学，但为谋生计，被迫辍学，到处漂泊。1930 年发表抒情诗集《水与土》，跻身意大利优秀诗人行列。以后又陆续发表《消逝的笛音》（1932）、《新诗集》（1936—1942）等。后来应聘担任米兰威尔第音乐学院文学教授。对西西里乡土的眷恋，对童年、对青年时代恋人的怀念，贯穿他前期的诗歌。抵抗运动以后，夸西莫多转而写作“社会诗歌”，揭露法西斯带来的灾难，讴歌人民争取自由的斗争，如诗集《日复一日》（1947）、《生活不是梦》（1949）等。1959 年，夸西莫多获诺贝尔文学奖。

瞬息间是夜晚

每一个人
偎倚着大地的胸怀
孤寂地裸露在阳光之下：
瞬息间是夜晚。

吕同六　译

《瞬息间是夜晚》是夸西莫多的一首抒情名诗，为各种选本必收的佳篇。这首诗作于 1930 年，后收入抒情诗集《水与土》。当时正值墨索里尼法西斯专制时期，意大利史学家称之为“黑暗的二十年”。诗人的家乡西西里也沉陷黑暗之中。正如法国诗人、小说家阿拉贡在评论夸西莫多诗歌中所展示的西西里形象时所说:“在任何一处别的地方，都不曾笼罩这般的黑暗。这不是昏暗，而是风雨如磐，一片漆黑。”（阿拉贡:《向夸西莫多致敬》，载《法兰西文学报》，1959 年 11 月 11 日）

这首诗短小精悍，总共才四行。夸西莫多在诗中没有从大处落笔，也完全摈弃浅露的直白或抽象的意念，而是自辟蹊径，以艺术家的敏锐，从自然中采撷片断的自然场景，摄取从日落黄昏到夜幕降临这一特定的、短暂的景象，去刻画这“瞬息间”人的内心深处微妙、复杂的情绪。夸西莫多直接诉诸人的视觉与幻觉，从这一特定的场景中，精心选取两组极富形象性的意象:“阳光”与“夜晚”，“偎倚”与“裸露”，造成鲜明的对照，强烈的反差，并采用异常明快的、迅速转换的节奏，把诗人在灾难深重的岁月里，心灵如同黑暗的“夜晚”，无比“孤寂”的主观感受，酣畅淋漓地渲染了出来。

夸西莫多十分重视语言的提炼。他的语言凝练、明净，形象感强。这首诗是体现夸西莫多语言风格的典范。诗人以简洁得不能再简洁的诗句，艺术地概括了从急剧变幻的客观景象，到人的幻想迅速更迭的跳跃。在这里，“阳光”与“夜晚”，“偎倚”与“裸露”这两组意象，既是外在的客观景象的素描，又是人物的主观世界的感情波澜的抒写，可谓亦景亦情，情景一体，制造了浓郁的抒情氛围和富于哲理的意境。短短四行诗，层次分明，婉转巧致，可谓言短情长，余韵无穷。

吕同六　赏析

安东尼奥·马查多（西班牙）

安东尼奥·马查多（Antonio Machado，1875—1939），西班牙“九八年一代”杰出的抒情诗人和剧作家。马查多的早期诗作受鲁文·达里奥的影响，具有现代主义特征。后来逐渐以社会政治生活为题材，抒发内心情感。代表作品有《孤寂》（1903）、《孤寂、长廊及其他诗篇》（1907）、《卡斯蒂利亚的田野》（1912）、《新歌》（1925）、《诗歌全集》（1928）等。

行 人 啊……

行人啊，你的足迹
就是路，如此而已；
行人啊，地上本无路，
路是人走出。

路因走而成，
回头望
便会看到一条
永远不会再有人走的小径。
行人啊，原来没有路
正如船在大海上航行。

赵振江 译

在《卡斯蒂利亚的田野》中有一组“箴言与歌谣”，由一些零散的哲学、文学、社会、政治以及道德思考组成。上面这一首堪称典范，尤其是其中的“地上本无路，路是人走出”更是尽人皆知。有人将它谱成歌曲，广为传唱。北京塞万提斯学院将其图书馆命名为“安东尼奥·马查多图书馆”，并将这两句诗的译文写成条幅，挂在馆中的立柱上。这两句诗不禁令人想起鲁迅先生在《故乡》中的名言：“希望本是无所谓有，无所谓无的。这正如地上的路；其实地上本没有路，走的人多了，也便成了路。”两位文坛巨匠的思想何其相似！全诗的语言简洁、明快，没有精心的雕琢和多余的夸饰，更显字字珠玑和大家风范。

赵振江　赏析

希梅内斯（西班牙）

胡安·拉蒙·希梅内斯（Juan Ramón Jiménez，1881—1958），西班牙诗人。主要诗集有《悲哀的咏叹调》（1902）、《遥远的花园》（1904）、《一个新婚诗人的日记》（1917）等。

在诗歌理论方面，他提出“纯诗论”，主张创作没有任何修饰和雕琢的“纯粹的诗”，要求摆脱韵律和节奏的束缚，大胆追求直接的表达方式，提倡自由体。他认为诗歌应该通过自然景物抒发个人心灵，引导人们追求永恒的美和理想的境界。他的诗歌创作和诗论对西班牙诗歌的发展做出了一定的贡献，对20世纪20年代的著名诗人，如加西亚·洛尔卡、阿尔维蒂、豪尔赫·纪廉等人都产生了一些影响。

情　话

——节选自《一个新婚诗人的日记》

沐浴玫瑰的风姿，面带甜蜜的微笑，
年轻的母亲将孩子稚嫩的小手儿
举起，尽可能伸向樱桃，
还是够不着！

身旁，一只小鸟儿歌唱，
太阳，在玫瑰下面跳荡，
用小草儿抖动金色的光芒；
泉水温柔地喷出火红和阴影中玫瑰的芳香。

爱和生命
融为一体，宛如大地和天堂
在柔和的光辉中，
这光辉既是一瞬，又是永恒！

赵振江　译

这首诗是《一个新婚诗人的日记》之113章。诗作的内容正如诗题所示，是诗人写给他新婚妻子的“情话”。

诗人赞美妻子优雅的风姿如刚刚经小雨沐浴过的玫瑰那样新鲜、娇艳，写母子间亲昵的情状也极其美妙动人。“樱桃”，可以理解为樱桃树上那殷红的果实，然而，在这里似乎理解为母亲的樱唇更为准确，也更富于情趣。在下面的诗句中，这种寓意双关的情况还有不少，比如妻子身旁那歌唱的“小鸟儿”，也许真是写小鸟，但也可理解为是孩子。“太阳，在玫瑰下面跳荡”，如果想象成是孩子在母亲膝下快活地跳来跳去，似乎也未尝不可。在这里，它们既是美妙的自然景色的实写，也是母子俩亲昵情景和优美风韵的象征。诗的最后一节，以富于哲理性的句子，对前两节的内容做出了解释：“爱和生命”是不可分割的，犹如“大地和天堂”、母亲和孩子的不可分割一样。“柔和的光辉”，即是指爱的光辉。它对于我们每一个人的生命来说，也许只是短暂的“一瞬”；但对于整个人类来说，却是“永恒”的。这种爱将千秋万代、永世长存。

以对优美的风景的描绘来象征性地写出妻子的美貌、孩子的可爱和对妻儿的无限爱恋，并能以哲理性的诗句作结，给读者留下人生的启迪，这些都显示了诗人非凡的才华和独具风格的艺术品位。

岳洪治　赏析

只有傍晚的光芒

……只有傍晚的光芒
将草地染成玫瑰色和金黄，
只有天边的落日
使我的眼睛迷茫，
寂寞傍着大海，
爱的四周是黑杨。

我将走向吵嚷的小溪，
溪水染着古老的阳光，
在草地的小径上
洋溢着醉人的芳香；
我在那里将自由、明亮的
和谐生活向往。

啊，舒适！幸运！
那忧郁的绿色
使温顺、阴暗的松林的哀歌
变得柔和；
微风将变得更加迷人，
睡梦将变得更加深沉……
悲伤的亲吻！快乐的悲痛！
大家的世界的空洞！
在讽喻的记忆里
一种神圣的希望！
只有风和玫瑰，

只有波涛和太阳！

我不会再去……那将是
一次神秘的旅行，
冷漠地，从一种心驰神往
到另一种心驰神往，
在有去无回的
最隐蔽的小路上。

赵振江　译

这是一首描写诗人的幻想的诗，其中充满了抒情主人公对人生的思考，闪耀着哲理的光芒。

“傍晚”是指人至暮年。诗的第一节，是借傍晚时分的美妙的自然景色，来比喻人至暮年时的美好。被夕阳的余晖“染成玫瑰色和金黄”的草地，那宛似待嫁的新娘般的灿烂与温柔的光色，只有暮年之人才真能体会它的美妙。因为暮年之人，知道自己的生命已所剩不多，所以更懂得珍惜，更眷恋世间美好的事物。“天边的落日”在诗中既是自然之象，也是诗人“自我”的象征。诗人遥望西天，看到那无限美好的太阳即将坠落，触景生情，想到同样美好的生命，也终有一天要沉入茫茫深渊——美好的，为什么一定要失去呢？诗人不禁有些“迷茫”了。“大海”，在这里是“生活”和“尘世”的象征。“寂寞傍着大海，爱的四周是黑杨”是说：“我”虽然生活在喧腾的尘世上，虽然沐浴在大自然和亲人们爱的光照里，可是想到自己终将同夕阳被四周黝黑的杨树吞没似的从人世间消逝，心湖中仍不免漾起一阵阵寂寞与苍凉的微波。

诗的第二、三节是对抒情主人公的幻想的描写，表现了诗人对生命的热爱，对青春的留恋，和亲近大自然的愿望。“吵嚷的小溪”是活泼的生命力的象征；“溪水染着古老的阳光”，是以“溪水”的古老而又年轻，暗示出抒情主人公虽然已是垂暮之年，但身体里却仍然涌流着青春的鲜血。此后诗人将自己引入了那想象中的大自然天地，神游于洋溢着泥土和青草香味的小径上。这一切，都使诗人感到生活着是多么“舒适”“幸运”。可是，想到终有一天，自己将会告别人世——死亡之阴影的突然袭来，使他眼前的“绿色”也笼罩了一层“忧郁”，“松林”里传来的飒飒风声，也好似一曲哀婉的丧歌；但是，那象征着生命的“绿色”、那“绿色”的勃勃生机，仍使松林的“哀歌”“变得柔和”，使“微风”变得“更加迷人”，“睡梦”也变得“更加深沉”——这两节诗通过“小溪”“草地”“绿色”“松林”等一系列富于象征意味的形象的呈现，含蓄地表现了诗人在垂暮之年，对于生活的深刻的理解，对于生命的执着的热爱，情感更加平和，心境更为开阔。

第四节是说生的喜悦和死的悲哀都没有真实的意义。“大家的世界的空洞”一句，与《红楼梦》里所讲的“白茫茫大地真干净”之意相近似，即是说，从宇宙的宏观的立场上来看，生死忧乐都不会在时间的长河里留下什么痕迹。“一种神圣的希望”当是指人们愿意与天地共存的思想——热爱生活，希望长存天地间——这是一种美好的意愿，所以也是“神圣”的。然而，实事求是地来看，这种愿望又显得多么荒谬！所以，每个人回忆起自己曾经有过的这种想法，都该会觉出其中所含有的一些“讽喻”的意味吧。

诗的第五节，带有一种“结论”的性质。“我不会再去……”做什么？抒情主人公没有说出。可是，我们从上面四节诗的意蕴，自然可以推断出，他“不会再去”做那种“长生不老”的妄想，“不会再去”做那种“夕阳无限好，只是近黄昏”的嗟叹；因为他已经完全了解了人生的奥秘和“有生必有死的”自然规律。接下来的“神秘的旅行”，是暗示人死之后由“阳世”至“阴间”的途程。诗人对于“生”或者“死”都不再十分眷怀，也毫不感到惧怕；冷漠地踏上“最隐蔽的小路”，即通向冥府之路，可以随遇而安，泰然处之。

以生动的形象和丰富的意象，表现出对人生的深入的思考；在优美的描写中跳跃着音乐的旋律和哲理的闪光，是这首小诗的魅力所在。

岳洪治　赏析

卡蒙斯（葡萄牙）

路易斯·瓦斯·德·卡蒙斯（Luís Vaz de Camões，？—1580），葡萄牙的文学巨匠，欧洲文艺复兴时期杰出的文学家。

爱情是不见火焰的烈火

爱情是不见火焰的烈火，
爱情是不觉疼痛的创伤，
爱情是充满烦恼的喜悦，
爱情的痛苦，虽无疼痛却能使人昏厥。

爱情是除了爱别无所爱，
即使在人群中也感不到他人的存在。
爱情的欢乐没有止境，
只有在牺牲自我中才能获得。

为爱情就要甘心俯首听命，
爱情能使勇士俯身下拜，
爱情对负心者也以诚实相待。

爱情既然是矛盾重重，
在人们的心中，
又怎能产生爱慕之情？

肖佳平　译

徐志摩曾写过一首诗，叫作《恋爱到底是什么一回事》。这种对于“爱情到底是什么一回事”的思考，历久常新地给一代又一代的人们留下了一个难解的谜。卡蒙斯这首诗，从题目上看，是给爱情下了一个定义。可是，如果从诗作整个思想和情感内容上加以分析，却不难看出，这首诗实际上仍是表现了诗人对于爱情的困惑。

诗的第一节以一连串的比喻，写出了诗人对爱情的认识和从爱情生活中获得的切身感受。爱情与“不见火焰”的烈火，与“不觉疼痛”的创伤，与“充满烦恼”的喜悦以及和“虽无疼痛却能使人昏厥”的痛苦之间，从客观存在上说，有着根本的质的不同；但是，从爱情给予人的多种感受来说，二者之间却又具有一点相似。诗人正是从二者明显的不同中，发现了隐蔽的美学联系，因而，通过想象的飞跃，对“爱情是什么一回事”，做出了富于哲理的解答。

诗的第二节和第三节，以铺陈的艺术手法，通过对“除了爱别无所爱”的执着的爱情，“在牺牲自我中才能获得”的欢乐的爱情，“甘心俯首听命”“俯身下拜”“对负心者也以诚实相待”的诚挚的爱情等形象的呈现，还对爱情进行了广角的、多层次的描述；通过对爱情的力量的反复铺排和咏叹，最大限度地突出了爱情的特征，并摇曳生姿地展现了爱情的整体性的风貌。

但是，说了这么多，似乎仍未能把爱情是什么一回事说清楚。因而，在诗的最后一节，诗人终于以提问的方式，直接托出了深藏于心底的困惑。

这首爱情诗不仅是爱的表白与宣泄，同时也是爱的思考与发现。诗作通过形象的呈现、意象的创造，以具体感悟抽象，使“爱情到底是什么一回事”这种哲思，在生动具体可感的形象中，获得了最为诗意的体现。

岳洪治　赏析

里尔克（奥地利）

勒内·玛里亚·里尔克（Rainer Maria Rilke，1875—1926），奥地利现代诗人，是德语文学中新浪漫主义和象征主义的主要代表。从19世纪末到20世纪20年代，里尔克发表了大量独具特色的诗作，以他智慧的、沉思的形象，屹立在世界诗坛。

严重的时刻

此刻有谁在世上某处哭，
无缘无故在世上哭，
在哭我。

此刻有谁夜间在某处笑，
无缘无故在夜间笑，
在笑我。

此刻有谁在世上某处走，
无缘无故在世上走，
走向我。

此刻有谁在世上某处死，
无缘无故在世上死，
望着我。

陈敬容　译

这首诗只有短短的十二行，却能引发我们对许多问题的深思。宇宙是广阔无边的，时间是永续不尽的。大地上每一角落，时间长河中每一分秒，都可能有什么正在诞生或正在消亡，也或许正在行动，正在啼笑歌哭。诗人把自己安放在这样一个时刻，设身处地去体验、去感知那无比的严重。

请想象一下：假若你好端端突然听到这世上正有人在哭，在为你而哭，或在笑，在因你而笑；有人正在朝着你走来但不明白为什么；有人正在死去而双眼直勾勾望着你……在那样一个时刻，在极其短暂的分秒之间，即使仅仅面对着其中的一种情景，谁能不被异常的严峻所震慑呢！在那一瞬间，你似乎听到了来自大宇宙的神奇的声音，似乎突然领悟了生命的奥秘。

一首仅十二行的短诗，它的包容性却如此巨大！从表面看来，全诗的用词遣字都十分单纯和平易，并没有什么惊人之笔，更没有任何华丽辞藻，但每个词每个字都是何等的准确精当，根本不可能做任何增减或修改。可见真正的名家、大家，都喜好深入浅出，不屑于玩弄笔墨，故作高深。

陈敬容　赏析

预　感

我像一面旗被包围在辽阔的空间。
我觉得风从四方吹来，我必须忍耐，
下面一切还没有动静：
门依然静静关闭，烟囱里还没有声音；
窗子都还没颤动，尘土还很重。

我认出了风暴而激动如大海。

我舒展开又跌回我自己，

又把自己抛出去，并且独个儿

置身在伟大的风暴里。

陈敬容　译

在大风暴来到之前，一个人，尤其是一个诗人，会有些什么感受——什么不同于平常的特殊感受呢？里尔克将那时的自己比作一面旗，“被包围在辽阔的空间”。这种感受，与其说是孤独，不如说近乎洁身自好。大风暴将来未来之际，一切是多么沉寂：“窗子都还没颤动，尘土还很重。”但风暴一来就掀动一切，冲刷一切，原先似乎孤独的个人，却要“把自己抛出去”了。唯其如此，他也才终于能够“置身在伟大的风暴里”。

诗人预感到的风暴，可能是实指自然界的风暴，也可能另有所喻，但我们不好妄测，例如设想它指的是若干年后的第一次世界大战等等。就诗论诗，它读来自有一种超尘脱俗、卓立不凡的气概，一如里尔克的为人。

法国18世纪著名散文家布封的那句名言“风格即人”，在里尔克的《预感》这首诗里仿佛获得了形象化的印证。

陈敬容　赏析

凯勒（瑞士）

戈特弗里德·凯勒（Gottfried Keller，1819—1890），瑞士德语作家，小说家兼诗人。凯勒是19世纪瑞士最伟大的作家，被誉为“中短篇小说家里的莎士比亚”。他的诗歌和小说继承了德国古典现实主义的传统，具有浓厚的抒情气息和生活气息，还包含了深刻的哲理，在德语文学中占有重要的地位。

晚 歌

我的双目，我亲爱的小窗，
许久以来，赐予我美丽的辉光，
请亲切地摄入一一的物象：
你们总有一天要暗淡无光！

有一天疲倦的眼睑闭起，
你们的光辉消失，心灵也就休憩，
它会伸手脱去漂泊的游屐，
躺入暗沉沉的棺柩里。

现在它从内心观看，还看到
两点火花闪烁，像两颗星一样，
一直看到它们摇动而黯淡无光，
好像被蝴蝶的羽翼拂去一样。

可是如今我还在暮野里散步，
我只是和那西坠的夕阳为伍；
眼睛啊，请你尽量享用猎取
我的睫毛所摄取的人间佳趣！

钱春绮　译

这首诗写于1879年，是凯勒诗歌创作后期的重要作品，差不多被收入他的每一本诗选中。它得到了同时代作家施托姆的赞赏，被认为是歌德以后的最好的抒情诗。

《晚歌》抒发了人到暮年的思想和感情。当时凯勒刚好六十岁，在那个时代无疑已进入迟暮之年。诗人在这首诗中，通过双目的变化感到岁月流逝；他激励和鞭策自己，应抓住时机，尽量享用猎取“人间佳趣”。按照自然规律，过了五十岁后人逐渐衰老，眼逐渐昏花，并且它们“总有一天要暗淡无光！”等到光辉消失，心灵也就休憩，换句话说就要躺入黑暗的棺柩里。但是现在双目还像两点火花闪烁，就像两颗星星一样。诗人虽是迟暮之年，在暮野里散步，与西坠的夕阳为伍，仍然非常乐观开朗，禁不住呼喊：“眼睛啊，请你尽量享用猎取我的睫毛所摄取的人间佳趣！”

读这首《晚歌》，使我们想起曹操的乐府诗《龟虽寿》中的名句：“老骥伏枥，志在千里；烈士暮年，壮心不已。盈缩之期，不但在天；养怡之福，可得永年。”人老心不老，在迟暮之年，尽量多做出些贡献；乐观愉快，活得更长久一些。这恐怕是中外古今一切有作为的人士共同的理想和心愿。

孙坤荣　赏析

迈耶（瑞士）

康拉德·费迪南德·迈耶（Conrad Ferdinand Meyer，1825—1898），瑞士德语作家，诗人兼小说家。迈耶是瑞士19世纪文学中仅次于凯勒的代表作家。他的诗歌感情含蓄，注重形式，形象富于象征性。凯勒曾以金丝银线织造的“锦缎”比喻迈耶艺术之精湛。

罗马的喷泉

喷泉飞上又飞下，
注满大理石的圆盘，
圆盘里的水盈盈不胜，
转注入第二个水盘；
第二盘水再满时，
又把水送入第三个盘里，
每一个水盘同时在接受、施舍、
　　流动、休憩。

钱春绮　译

这首抒情诗写于19世纪50年代末旅行时期，迈耶曾不断修改，精益求精。现在存有三个版本。第一版是对罗马喷泉一般性的叙事抒情，全诗分二大节十六行。第二版修改得较为精练，成了二节八行。现在的这首第三版，改成一大节八行，更加精练优美。从这里可以看出诗人对创作的严格要求，对形式的执着追求。

诗歌内容很简单，抒写罗马喷泉的水柱上下飞舞，从一个水盘注入另一个水盘，再流入第三个水盘。但这里面包含着深刻的哲理。它象征着自然规律和社会规律。“每一个水盘同时在接受、施舍、流动、休憩”，自然和人生无不都是如此。迈耶的诗歌不是感情的自然流露，而是感情的回忆，在回忆中抒发对自然、社会、人生、爱情的看法；描写细致入微，语言优美凝练，读起来别有一种风味。

孙坤荣　赏析

施皮特勒（瑞士）

卡尔·施皮特勒（Carl Spitteler，1845—1924），瑞士诗人。因长篇叙事史诗《奥林匹斯的春天》获得1919年的诺贝尔文学奖。

含笑的玫瑰

一位公爵的女儿，
嗑着果仁，
在清清小溪边漫步。

一朵小玫瑰，
艳红零落白缘丝丝，
扑在林地凋萎干枯。
她虽不堪硬土的欺凌，
可嘴边依然笑意流露。
“告诉我，小玫瑰，
你的生命力从哪来，
凋零中，
还那样笑口常开？”

几经挣扎，
玫瑰把头抬；
气吁吁，
轻声诉说：
“我闯过天堂曲径，

受泽于仙境草地；
天国的花香，
在我身旁轻吹。
纵然今朝红消香断，
我也要含笑魂归！”

马君玉　译

太阳应考

行星，彗星，点点闪闪，
围住太阳，
突然罗列难题。

说一说：
哪来的光和热，
何有红黄橙蓝黑，
昼夜交替理何在。
——颗颗星星俨如行家，
神情自得。
太阳说：
“你们说的，我全不知晓。”
说罢起身站，
满眼喜悦，火般欢跳，
四周顿时明亮，
破晓！

马君玉　译

施皮特勒于1919年获得诺贝尔文学奖时，曾在评论界引起激烈的争论。反对者认为他在世界文坛上名气不大，在某些国家几乎不为人知；其作品的艺术价值“与其时代格格不入”；他的诗歌晦涩难懂。因此，他的影响力微乎其微。支持者则认为，施皮特勒是一位具有希腊—拉丁智慧的诗人，特别是他的史诗《奥林匹斯的春天》是一部充满创作天才的、富有独特个性的作品。他不是一位“著名”人物，这来源于作者自身坚决而值得称赞地拒绝放弃他令人瞩目的“精神独立”。

施皮特勒作为一位具有独立意识的史诗形式的写作能手，创作抒情诗也独辟蹊径，具有不同于寻常之美感和相契的理想主义。上引两首短诗写于19至20世纪交替时期，从一个侧面反映了他的一贯风格：富于象征，充满寓意，饱含哲理，发人深思。《含笑的玫瑰》通过一位公爵小姐和小玫瑰的对话，阐明了生命的价值和意义，“纵然今朝红消香断，我也要含笑魂归！”这首小诗在诗人众多作品中难得地流露出乐观的心绪。《太阳应考》更是一首哲理诗，众星围绕太阳，罗列各种难题，准备考倒太阳。它们俨如行家，神情怡然自得。但太阳却说：“你们说的，我全不知晓。”起身站立，东方破晓，四周一片光明，众星黯然失色。对本诗的理解，智者见智，仁者见仁，均可获得一定的教益。

孙坤荣　赏析

凡尔哈伦（比利时）

爱弥尔·凡尔哈伦（Emile Verhaeren，1855—1916），比利时著名诗人。1883年发表第一部诗集《弗拉芒女人》，在诗坛崭露头角。后来受到社会主义思想影响，走上了现实主义的创作道路，逐渐成为一名有国际影响的诗人。

凡尔哈伦的主要诗集有《黄昏》《土崩瓦解》《恍惚的农村》《整个弗兰德》等。

挂　钟

夜晚，我们的住宅黑得静悄悄，
那儿，拐杖和手杖[1]，你争我吵，
顺着时间的楼梯上上下下，
挂钟们，迈着他们的步伐；

玻璃后面古朴的珐琅标志
和古老的花纹、数码和玉饰，
空荡惨白的走廊上的月亮，
挂钟们，他们的眼睛在张望；

死板的声音，沉重的音符，如锤似锉，
木质店铺词汇隐隐约约

[1] 此处指时针和分针。

分分秒秒像鸟雀叽叽喳喳，
挂钟们，他们的嗓门在说话；

橡木为壳而阴影为椽，
冷墙上挂着紧盖的尸棺，
数齿啃着时间的老骨，
挂钟们，他们散发着恐怖；

挂钟们
自觉自愿而又严肃认真，
犹如老练的女佣
时而木屐踏踏时而款步轻盈，
我询问时间的挂钟们呀，
他们的双腿夹得我害怕。

杨松河　译

这首诗发表于1895年。

法国前总统蓬皮杜编过一部《法语诗选》，《挂钟》是入选的唯一的一首凡尔哈伦的诗。它言简意赅，寓意深刻，象征着时间的无情。

诗人把时间具体化、形象化在挂钟上，构思奇特，想象丰富，耐人寻味。挂钟有时针和分针，它们是时间的两条腿，像手杖和拐杖那样争吵着，一阶一阶地爬着楼梯，迈着自己的步伐，从来不肯歇脚；挂钟有表盘，表盘上有数码，像一轮惨白的月亮，那是时间的眼睛，观察着，观望着，监视着人们的一举一动，鉴别着人间的美丑善恶；挂钟有钟摆，钟摆发出如锤似锉的声响，辞藻虽然隐约，但语调却不含糊，这是时间在说话，像鸟雀叽叽喳喳在发言，在议论，在评头论足；挂钟有齿轮，齿轮在啃着时间的老骨，一分一秒也不放过，每咬一口，时间就失去一分，想想人生能有多少骨头可啃呢，真叫人不寒而栗！不过，时间又像忠实而老练的女佣，自觉自愿地为你服务，态度极其严肃认真。诗人抬头看看挂钟，不禁感到光阴逼人，催人奋进。

杨松河　赏析

树

孑然一身，
不论是夏天的爱抚，还是冬天的摇摧，
不论是躯干凝霜，或是枝条挂翠，
天长日久，不管那些日子是爱还是恨，
它让至高无上的磅礴生命
在平原扎根。

几百年来它看到的是同样的田地，
是同样的耕作同样的播种；
今天，列祖列宗
虽然已经闭上了眼睛，
却看过它成长，一轮又一轮，
长出树皮和粗枝。

它泰然自若地指挥着农事；
毛茸茸的根为他们精置一张青苔软床；
它保护着他们午间休息，
对他们的子孙布下荫凉，

为相亲相爱的孩子们赐予甜蜜。
天一亮，在村子里，
它或唱或哭，向人们预报着天气；
它掌握着乌云翻滚的秘密，
它知道太阳为何与天气赌气，
过去它一直挺立在阴郁的田野上，
但不管留下什么记载，
这回忆，在自己的年轮里，意味深长。
一月才刚刚离开，
正当树汁，在老树干里，外冒
每一片叶芽，每一根枝条，
——狂热的唇瓣和弯曲的手臂——
发出一声召唤惊天动地
向着未来。

于是它用雨丝和光线，
对嫩绿的新叶抚摸爱怜；
它打好树节，它润滑着枝条；
它直逼苍天，头越抬越高；
它向四面八方伸长细根，
它饥餐渴饮周围的土和水，
有时候它也猛然止步，似乎对自己
默默的深刻的辛勤劳动感到惊异。

但是为了根深蒂固叶茂枝荣，
啊，它要经受多少严酷的斗争，寒冬！
风向树皮发起全面进攻，

风在怒吼，早已发疯，
冰霜似锋利的锉屑，
千仇万恨拼死一决，
东方的冰雹北方的雪刀，
阴冷的白色的冰冻齿切牙咬，
直到老皮下的新嫩，一大束纤维，
动一发而痛全身，纤维绞而筋骨碎，
然而它从来不
——哪怕是一会儿工夫，
松懈自己的拼劲，
坚定地希望自己成长新生，
春天一到，便会更加美丽风流。

十月，当黄金在树叶中得胜，
我虽然步履艰难，但仍然迈开大步，
经常远道去向它朝圣，
朝着这棵招风的秋树。
如火如荼的树叶像一个巨大的火盆，
它傲然屹立，堂皇富丽，头顶穹苍，
身上似乎披着千百万精灵，
精灵们在枝叶间轻轻地歌唱。
我向它走去眼睛充满着光明，
我抚摸着它，用手指，用手心，
我感到它在摇动直到地的深层，
进行着一场气势磅礴的超然运动；
我的胸膛猛然贴在它的身上，

爱得那样深，那样虔诚，
它的深沉的脉搏和全部力量，
传给了我一直深入到我的内心。

此时此刻，我同它的壮丽生命融为一体；
成了它的一枝一叶感到自盛自强；
它为人师表，在灿烂辉煌中巍然挺立；
我因此更爱土地，树林，水网，
辽阔坦荡的平原浮云飘游；
我立志坚强与命运抗争，
我的双臂真想环抱整个宇宙；
肌肉和神经的激动顿使我体态轻盈，
我高声呼喊着："力量神圣！
人必须留下自己走过的脚印
一步一步，踩在自己的宏图上：
它掌握金钥匙通往天堂，
它巨手紧握打开天堂的重重大门。"
我吻着带枝节的树干，如醉如痴，
当黄昏向苍天拂袖告辞，
我茫然若失，旷野死气沉沉，
我径直朝前走去，不分西北东南，
从痴狂的内心爆发出阵阵呐喊。

杨松河　译

凡尔哈伦素有“力的诗人”的美称。这不仅因为他本人精力充沛，也不仅因为他的诗句铿锵有力，更主要的是因为他崇拜力量。凡尔哈伦写诗，“力量”一词用得很多，有一首诗的标题就是“力量”，一册诗集的名字是“喧嚣的力量”。在他的“力量”诗中，《树》写得十分精彩。这棵树就是力量的象征。

这是屹立在广阔平原上的一棵独立大树，顶天立地，呼风唤雨，浑身充满青春的活力。它孑然一身，不论是春天在它枝条挂翠，还是夏天对它亲热爱抚，或是秋天风霜相逼，或是严冬冰雪摧残，它总是敢爱也敢恨，从来不曾松懈自己的斗志，始终不渝地把至高无上的生命在平原上牢牢扎根。金秋时节，诗人迈开大步去向它朝圣。诗人拥抱着这棵大树，顿时感到自己与这棵大树的壮丽生命融为一体了，变成了它的一枝一叶，感到自盛自强，情不自禁地呼喊起来：“力量神圣！”人必须留下自己走过的脚印，一步一步，踩在自己设计的宏图上，因为宏图掌握着通往天堂的金钥匙，有了金钥匙就可以打开天堂的重重大门。这棵大树之所以有力量，是因为它扎根在祖国的深厚的土地上，每一片叶芽、每一根枝条，都在呼唤着美好的未来。这棵树是诗人人格的化身，是力量之树，也是生命之树。力量之树常青，生命之树也常青。

这首诗选自诗集《五光十色》，发表于1906年。此时，诗人的世界观已发生巨大变化，一改19世纪末悲观阴暗的诗风，引吭高歌，豪放昂扬，色彩鲜明，对未来充满信心，洋溢着乐观主义的激情。

杨松河　赏析

梅特林克（比利时）

莫里斯·梅特林克（Maurice Maeterlinck，1862—1949），比利时诗人，象征派诗歌、戏剧的代表作家。他被誉为“比利时的莎士比亚”，1911年获诺贝尔文学奖。

我找了三十年……

我找了三十年，姊妹们，
　他在何处藏隐？
我走了三十年，姊妹们，
　尚未同他接近……

我走了三十年，姊妹们，
　腿脚已经累坏；
他曾到处出现，姊妹们，
　如今不复存在……

时光终归可悲，姊妹们，
　请脱去我的鞋；
夜晚也已消逝，姊妹们，
　我的心力衰竭……

你们芳龄二八，姊妹们，
　远走离开此地，

拿起我的手杖，姊妹们，

你们也去寻觅……

金志平　译

作为一位象征主义诗人，梅特林克的诗作具有神秘的色彩。他重暗示，不明说，主人公的行为常常令人捉摸不透。在这首诗里，“我”出于某种隐秘的动机，不顾千辛万苦，跋山涉水，执着地寻找一个人。但他找了三十年的那个人究竟是谁，是他的某个亲友，还是什么救世主？还是……作者却没有交代，让读者去体会和猜测。然而有一点是肯定的，不管主人公走了多长时间，多远路程，仍没法同他要找的那个人接近。气氛类似现代以贝克特的《等待戈多》为代表的荒诞剧，或以卡夫卡的《城堡》为代表的揭示“异化”世界的小说。

这首诗没有真正的结尾。读者只知道，当主人公累垮后，一些妙龄少女接过他的手杖（原文是指一种朝山进香者的手杖），继续去寻觅。作者没有说明最后的结局，但是我们可以想象得出，既然她们要找的那个人已不复存在，那么她们的一切寻觅活动注定也将是徒劳。但她们和男主人公一样不会甘心失去希望，仍将苦苦地追求，直到心力衰竭而亡时再将手杖传给下一代，也许这正是诗人想暗示给读者的人类的命运。

《我找了三十年……》原载梅特林克的《十五首歌》。格律类似民间催眠曲，节奏缓慢，具有一定的音乐性。语言近乎平直，不像某些象征主义诗歌那样晦涩。基调忧伤。

金志平　赏析

密茨凯维奇（波兰）

亚当·密茨凯维奇（Adam Mickewicz，1798—1855），波兰诗人，革命家。鲁迅称赞他是“波兰在异族压迫之下的时代的诗人”。

平静的大海

（从塔尔干库特高岩俯瞰）

船头的旗子几乎已不再飘荡；
海水在阳光之下温柔地颤动，
像是一个在睡梦中的年轻姑娘，
醒来了，又坠入未来的幸福的梦。
帆已经卷起在精光的桅杆上了，
正如战争结束了之后的军旗；
船轻轻摇着，锁在风平浪静的水面，
旅客们笑着，水手们也在休息。

大海啊！在你的快乐的生物之中，
风暴时候尽在水底睡着的水螅，[1]
一平静了，它就伸出长的触手抓着。
思想啊！记忆的怪蛇，当艰苦的日子，
它深深地睡着，等到平静了，

[1] 生活于水中的一种小型动物，体呈指状，周围生有六至八条小触手，可以伸缩行动，常附着于水草或石块上。

它的爪子就向你的安静的心袭击。

孙用／景行　译

这是一首哲理抒情诗，诗人登高俯瞰，极目风平浪静、碧澄浩渺的大海。他选取了几个富有特征性的形象描写它的"静"：船头的旗子不再飘拂，海水在阳光下微微颤动，白帆已卷，船儿轻摇，旅客浅笑，水手休息——一幅明朗静谧的旅海图。接着，诗人笔锋一转，写平静水面下的动感、不平静：沉睡在水底的水螅悄然伸出长长的触手；"记忆的怪蛇"在"平静"中突然向诗人"安静的心"袭击，勾起身处异国他乡的诗人对苦难祖国的无限思念和怀恋。

密茨凯维奇写景，不是孤立地静止地描绘大自然风光，而是写它的流动和变幻、它给人们的启示和触动，进而引出颇富哲理意味的深意来。《平静的大海》由静到动，以水底生物活动为喻，写自己表面平静中的不平静的心，含蓄蕴藉地传达出诗人怀恋故国、渴求自由的浓烈情感和隐秘心愿。

在密茨凯维奇的绝大多数诗作中，都清晰地屹立着诗人的自我形象。这是一位热爱祖国、胸怀理想、忧国忧民、渴望行动、不畏牺牲的爱国者形象。在流放俄国、远离故土的岁月里，他的爱国忧民之情愈加深挚了。他站在夜幕下的阿喀曼草原，幻想听到故乡声音，他凝望一平如镜的海面，又骤然忆起苦难中的祖国，怀思缕缕，一往情深。这种苦恋祖国的情怀，是这首诗的主题，是立意和精华之所在。至于《平静的大海》结尾处，诗人记忆什么，联想到什么，祈愿与追求又是什么，诗中没有明写，这许许多多的潜台词，便留待读者去想象和补充了。

吴宗蕙　赏析

希姆博尔斯卡（波兰）

维斯瓦娃·希姆博尔斯卡（Wislawa Szymborska，1923—2012），波兰当代著名女诗人。1952年出版第一部诗集《我们为此而活着》，从此开始诗歌创作生涯。代表作有《呼唤雪人》（1957）、《桥上的人们》（1986）等。1996年获诺贝尔文学奖。

我们祖先短促的生命

很少有人活得到三十岁，
长寿本来是石头和树木所特有，
我们的童年和狼崽一样的短暂。
趁太阳还没有落山，
趁大雪还没有降落，
要尽快地赶上生活的步伐。

十三岁的少女成了孩子的母亲，
四岁的猎人在芦苇丛中找到了鸟窝，
二十岁成了猎户的头人。
如果这种情况过去未曾有过，
今后也不会发生。
没有终止的一切很快就会终止。
巫婆用细嫩的牙齿咀嚼咒语，
儿子在父亲的眼皮下长大，
祖父见到了孙子的诞生。

可实际上他们并没有算自己的年龄，
他们只算了他们用过的渔网、锅盆、窝棚和斧头。
时间是那么慷慨地献身于天上的星星，
它向它们伸出了一只几乎空着的手，
然后又把那只手缩回来，
好像不愿意让它失去。
它沿着一条闪闪发光的河
向前走了一步，两步，
看见这条河从黑暗中流出来，
又消失在黑暗中。

时间一分一秒都不会浪费。
问题如果要拖到后面去解决，
那是因为它没有尽早地提出来。
聪明的人不会等到满头白发，
明亮的东西他看得很清楚，
所有的声音他辨认得出来。

善良与罪恶——
人们知道得很少，
但知道当罪恶取得胜利的时候，
善良就会隐藏起来；
如果善良得以显示，
罪恶又会隐藏起来。
两者谁都战胜不了谁，
谁都不可能置谁于永远不得翻身的地步。
快乐总是伴随着恐惧，

绝望任何时候也不会没有希望，
生命虽然不短，但总是短暂的，
有时甚至短暂得必须对它加以补充。

张振辉　译

希姆博尔斯卡是一位富有哲理的诗人，这和她在大学学习时曾对哲学和自然科学感兴趣是分不开的。在她看来，世上的一切都在不断地延续和发展，也在不断地变化，“儿子在父亲的眼皮下长大，祖父见到了孙子的诞生。”“当罪恶取得胜利的时候，善良就会隐藏起来；如果善良得以显示，罪恶又会隐藏起来。”“快乐总是伴随着恐惧，绝望任何时候也不会没有希望。”因此诗人认为，无论在什么情况下，既不要过于乐观，也不要彻底悲观，有肯定就有否定，有否定也有肯定，要辩证地看待一切，这是万物存在和发展的规律。除以上外，希姆博尔斯卡还有大量的诗歌反映她日常生活中的见闻或亲身经历的各种事，表现了爱情、亲情、友情、命运以及生和死等的主题，有的作品带有浓郁的抒情色彩，有的具有强烈的讽刺意味。由于她的诗歌创作的成就，她在波兰国内外获得过许多奖项，因为作品“以精确的讽喻揭示了人类现实中若干方面的历史背景和生态规律”，于 1996 年获诺贝尔文学奖。

张振辉　赏析

塞弗尔特（捷克）

雅罗斯拉夫·塞弗尔特（Jaroslav Seifert，1901—1986），是捷克著名诗人、诺贝尔文学奖获得者。代表作有诗集《泪城》《全部的爱》《母亲》等。塞弗尔特的诗歌大多取材于平凡的日常生活，质朴而深沉，有浓郁的抒情色彩。1984年，由于“他的诗富于独创性、新颖、栩栩如生，表现了人的不屈不挠的精神和多才多艺的渴求解放的形象”而获得诺贝尔文学奖。

窗　旁

春天来到的时候，
路旁的小树在春日的照射下发芽开花。
妈妈静若止水，默不作声
轻轻地转向窗子哭泣。
——你为何哭呢，有什么痛楚难言，
告诉我，什么使你忧伤不安？
——我要告诉你，我要告诉你，
待到树木永不再开花的那一天。

大雪飘飘，一会儿
雪花依恋上了玻璃窗。
窗旁，发出微弱的亮光。
妈妈静静地坐在那儿编织——
眼眶里噙着泪花。

——你为何流泪，有什么不顺心？
——我会告诉你，我会告诉你，
待到永不再下雪的那一天。

蒋承俊　译

《窗旁》是一首诚挚而朴实的颂歌。诗人以极其平易的日常语言，赞美一个劳动者母亲的伟大胸怀，把一切苦痛深深地埋在心里，决不去扰乱儿子的方寸。

《窗旁》一诗是诗集《母亲》中的名篇之一。塞弗尔特经常回忆起他那充满苦难却又水晶般纯洁的童年，回忆起含辛茹苦的母亲。他于 1954 年发表的诗集《母亲》是献给他妈妈的。诗中诚挚地表达了他对母亲深挚的爱，同时成功地塑造了一个无产阶级母亲的光辉形象。除《窗旁》外，像《母亲的镜子》《一束紫罗兰花》等都是名篇。这部诗集被认为是“思想性和艺术性绝妙的融汇，情深意浓，风采照人”。它获得了哥特瓦尔德国家奖金。捷克斯洛伐克人民十分喜爱它，每逢国际妇女节或圣诞节，做儿女的都喜欢将《母亲》作为最珍贵的礼物献给自己心爱的妈妈。当其中的一些诗篇译介到中国来后，很快就引起了我国广大读者的共鸣，著名诗人、诗歌翻译家绿原同志在读了《窗旁》后曾这样写道：“我想，人人都会承认，语言在这样的诗中没有任何别的目的，只是用来掘发生活中本来就有的诗意。用这样的语言写出来的这样的诗，无论译成别的什么语言，无论让什么样的读者来读，我相信，没有一个不会心心相印而击节叹赏：这才是真正的纯诗啊！”

蒋承俊　赏析

裴多菲（匈牙利）

裴多菲·山陀尔（Petöfi Sándor，1823—1849），匈牙利最著名的爱国诗人。他的很多政治抒情诗在匈牙利的民族民主革命斗争中发挥了强大的鼓舞作用，至今闪耀着不灭的光彩。他的爱情诗尤其出色，把对爱情的忠贞同为自由献身的革命精神融合一起，升华到崇高的领域，这是历来的爱情诗无法相比的。

你爱的是春天

你爱的是春天，
我爱的是秋季。
秋季正和我相似，
春天却像是你。

你的红红的脸：
是春天的玫瑰，
我的疲倦的眼光：
是秋天太阳的光辉。

假如我向前一步，
再跨一步向前，
那时，我就站到了
冬日的寒冷的门边。

可是，我假如退后一步，

你又跳一步向前，
哪，我们就一同住在
美丽的、热烈的夏天。

孙用　译

这是一首富于人生哲理的爱情诗。

1846年秋天，在艾尔多特村的一次舞会上，诗人结识了一位伯爵的女儿森德莱·尤丽亚，并热烈地爱上了她（后来成了他的妻子）。裴多菲给尤丽亚共写了102首爱情诗，表现了对爱情的忠贞和对自由的向往。

本篇写于诗人向尤丽亚求爱的初期，由于女方父亲的阻挠，诗中流露出一些惆怅、苦闷的心绪，但诗人还是怀着强烈的希望在追求着。

诗人用一年四季作比，以“春天”赞美情人的娇艳、可爱，以“秋天”暗示自己内心的惶惑和相思的疲倦。冬日是失恋后凄冷的象征，夏天则是诗人向往的爱情成熟如愿的标志。这一连串比喻新颖、朴素，恰当地表现了诗人殷切、焦急但又不失自尊、不强加于人的求爱心理。最后一节“进一步”、“退一步”，同住夏天的比喻，更耐人寻味，说出了爱情生活中相互体谅、共同努力的重要。扩而大之，它对我们在人生的其他领域，同样能给以不少有益的启示。

于慧英　赏析

布拉加（罗马尼亚）

卢奇安·布拉加（Lucian Blaga，1895—1961），罗马尼亚诗人、哲学家，被誉为“光明诗人”。

我不践踏世界的奇妙花冠

我不践踏世界的奇妙花冠，
也不用理智杀害
我在旅途、鲜花、眼睛、
嘴唇或墓地
遇到的各种奥秘。
他人的光明
扼杀了沉沉黑暗中
未被揭示的奥秘的魅力，
而我，
我却用我的光明增加世界的神秘——
恰如月亮用它的光华，
不是缩小，而是颤悠悠地
更加扩大夜的隐蔽。
面对神圣的奥秘，我深感惊异，
我就是这样丰富了黑暗的天际，
未被理解的一切事物
在我眼里
变得更加神奇，

因为我
既爱鲜花和眼睛，也爱嘴唇和墓地。

冯志臣　译

该诗是《光明诗集》（1919）的开篇作品。布拉加在这首自由体诗歌中，通过自白的形式，生动表述了他的哲学思想和对诗歌艺术的精辟见解。

广博的宇宙充满了奥秘，它们像美丽的花朵一样装点着人间，构成了“世界的奇妙花冠”。该诗的首句通过一个“我”字，开门见山地道出了诗人对待美如花冠的世界奥秘所采取的“不践踏”态度。“我”是诗中的关键词，曾反复出现，用以强调作者有别于“他人”的鲜明立场。作为哲学家，他认为奥秘是人类存在的主要特征。奥秘遮掩着存在，它既是激发人类认识的强大动力，也是阻挡人类认识的严重障碍，为此，他把认识分为两类：局部缩小奥秘的理性认识和增强世界魅力的情感领悟。诗歌属于情感层次，它通过神奇的想象力和深邃的艺术手法，比理性和逻辑思维更能深入世界的永无穷尽的奥秘。在唯理主义和反唯理主义面前，他选择了后者，所以他“不践踏”，“不用理智杀害”各种奥秘，而是“增加”和“丰富”世界的神秘性。与此相反，唯理主义者在局部揭示奥秘的过程中，把世上万物概念化了，无情地“扼杀”了奥秘的魅力。布拉加避免用枯燥的语言向读者进行哲理说教，抽象的概念是通过生动的诗的形象表现出来的。例如，“光明”是认识世界的思维形象，“我的光明”代表了诗人的形象思维，“他人的光明”则指泛义的理性认识。为了突出两者之间的明显区别，布拉加运用了“我”与“他人”，“我的光明”与“他人的光明”等一系列反衬手法，诗句中的谓语成分在“扼杀”与“爱”的含义中逐步深化。那么，布拉加为什么要保护和培植奇妙的奥秘？他在篇末点破了主题，并且与篇首一句相呼应，因为他“既爱鲜花和眼睛，也爱嘴唇和墓地”。此处的鲜花、眼睛、嘴唇和墓地都具象征含义，它们是无所不在的奥秘的具体表现。诗中的“爱”字很有分量，它不单单是情感的强烈流露，也是诗人用以认识世界的唯一工具。只有通过对事物的爱，对可以触摸的具体形象做直接的感受，人们才能从个别走向一般，抵达奥秘的深处。

冯志臣　赏析

拉格克维斯特（瑞典）

帕尔·拉格克维斯特（Pär Lagerkvist，1891—1974），瑞典诗人、剧作家和小说家，是瑞典文坛上表现主义和象征主义的主要代表。

苦　闷

苦闷，苦闷是我继承得来的遗产，
是我喉咙的伤口，
是我的心在世界上的尖叫。
现在柔似泡沫的天空
僵住在黑夜的粗糙手里，
现在森林
和僵硬的丘岗
那样光秃秃地朝向天宇
愈缩愈小的苍穹。
一切都是那么冷酷，
那么僵硬、阴暗和死寂！

我在这晦暗的空间四处摸索，
我的手指触摸到岩石犀利的边缘，
我向上伸出的双手
在冻冰的残云上割划得鲜血淋淋。
呵，我的指甲从手指上撕裂掉啦，
我的双手割划得鳞鳞伤痕，疼痛难忍

在丘岗上和阴沉沉的森林中，
在黑得像铁一般的天空中
和寒冷的大地上！

苦闷，苦闷是我继承得来的遗产，
是我喉咙的伤口，
是我的心在世界上的尖叫。

石琴娥／雷抒雁　译

这首诗是存在主义和表现主义的佳作。在内容上，它表现了诗人探索人生奥秘，希望找到合乎逻辑的解答而却在矛盾中徘徊，对客观现实充满怀疑的存在主义者的想望。在艺术手法上，它不像写实主义或印象主义作品那样注重对声光形色、音容笑貌等外在客观事物的描绘，而是突破事物表象，表现事物的内在实质，突破对人的行为的描写而揭示其内在的灵魂。这首诗写于1916年，第一次世界大战的浩劫使欧洲陷入了严重的生存危机。诗人面对这兵燹战乱、满目疮痍的现实，精神状态是极其抑郁和彷徨的，甚至悲观厌世起来。他的苦闷的内心感触在这首诗里表现得淋漓尽致。

不妨看看诗里的景物：本来柔软得像泡沫的天空现在被黑暗所盘踞、所玷污了，变得像铁一般黑，甚至连片片残云都已凝结成了冰块。非但如此，这个已经失掉熙和的阳光和绚丽的云彩的苍穹还在愈缩愈小！森林和丘岗都是僵硬的、光秃秃的，成了见不到枝叶的绿色和见不到蓬勃生机的不毛之地。在诗人描绘的画面上，见到的只有冷酷、僵硬、阴暗和死寂。这是一幅何等令人不寒而栗的图画，是一幅歪曲得何等不像样子的图画，然而在陷于苦闷和彷徨的处境中的诗人看来，这就是当时的窒息得叫人透不过气来的现实世界的写照。

不妨再看看诗里人的形象：他在晦暗的空间四处摸索，为的是寻找出路。他挣扎着，他奋斗着。可是他的双手触摸到哪里都会被割得伤痕斑驳，鲜血直流，连指甲也从手指上撕裂。他的手触摸到原先柔似泡沫的云彩上，那些云彩也照样伤害了他，因为云彩早已被冻结成了冰块。在这个世界里，天空、大地、森林、丘岗无一处是安宁的地方，都再也不适合人类安居乐业了。人的苦苦挣扎不过是徒然费力而已。这是一副被扭曲了的人的形象，但恰恰也是存在主义者心目中的那种无可奈何的悲观形象。

拉格克维斯特诗作的一大特点是主题几乎一成不变地描叙人生奥秘的哲理，探讨人生的两重性，例如透视善与恶、欢乐与忧愁、爱情和仇恨、生命和死亡、成功和失败之间的关系等。然而，偏偏在这一篇堪称他的代表作的短诗中却并没有触及哲理，甚至也没有揭示内心的秘密和彷徨。原因是很明白的，诗人虽勇敢地向人生挑战，揭露人生的阴暗面，渴望得到使他完全满意的答案，然而他却不能得到满意的答案，因为他自己也寻找不到摆脱危机的出路，而只能像诗里被扭曲的人的形象那样处处碰壁。这就是为什么诗人在这首诗里没有分析人生哲理，而只能哀叹：苦闷、苦闷。这种巨大的苦闷是同危机感相伴相随而来，也正如诗人所说的是继承得来的遗产。也就是说先前过度的欲望和追求触发了危机，而现在的人们深受其害，背负着这沉重的负担而找不出摆脱的出路，只能在世界上尖叫“苦闷”，由于诗人是用唯心主义的观点来探索人和社会状况的关系，仅仅看到人和社会状况的格格不入，因而即使再高呼苦闷也无济于事，只能在矛盾中继续彷徨徘徊，在旋涡中随波浮沉。

石琴娥　赏析

朗费罗（美国）

亨利·华兹华斯·朗费罗（Henry Wadsworth Longfellow，1807—1882），美国诗人。1839年第一部诗集《夜吟》问世，奠定了他在诗坛上的地位。朗费罗一生著作甚丰，主要成就在抒情诗和歌谣。他的诗艺术形象丰富多彩，文字朴实真纯，讲究节奏韵律，流畅上口，深得人民喜爱。

人生颂

别用忧伤的韵调向我哀叹：
人生不过是一场空虚的梦！
灵魂睡去就如同死去一般，
肉体也不再是原来的姿容。

人生是实在的，人生不是虚无；
坟墓并非就是它的终极地。
“你本是尘土，复归于尘土”——
那不是说灵魂，指的是肉体。

别只顾贪欢，别一味哀怨；
人生的道路该另有目标——
去实干吧，让每一个明天
看我们都比今天站得更高。

艺业需恒久，而光阴只一晃。

我们的心尽管勇敢、坚毅，
却仍旧像那丧鼓在闷响，
一声声送我们走向坟地。

世界就是辽阔的大战场，
人生要随时准备去战斗，
做一个英雄去英勇奋战！
不要像被人驱使的哑牲口！
别指望未来，不管它多欢乐；
让已逝的岁月也去它的蛋吧！
上帝在头上，丹心在胸窝，
干吧，抓住活泼泼的现在干吧！

伟人的一生都是好榜样——
我们能使人生崇高而伟大；
即使死去，在时间的沙滩上，
也会有我们的脚印留下。

也许，在人生严峻的大海上，
有某个兄弟正扬帆远去，
突然遭了难，他已经绝望，
看到那脚印又鼓起了勇气。

那就让我们奋发有为吧，
要决心去跨过任何障碍；
不断地探求，点滴地积累，
要学会工作，还要坚持不息。

黄一宁　译

本诗1839年匿名发表，当即引起广泛的关注和赞扬，被誉为“真正美国心脏的跳动”。后收入作者朗费罗的第一部诗集《夜吟》。

19世纪美国资本主义刚刚进入蒸蒸日上的发展阶段，这首宣扬积极向上的人生哲学的短诗确实真切地唱出了当时美国人民的心声，唱出了时代的声音。

短诗头三节以激昂的口吻针对“人生如梦，不过是虚妄”的忧伤消极情绪，提出对生活应该有所追求。生命虽有限，但精神可以长存。圣经记载：上帝用泥土捏制了人类的祖先亚当，对他说：“你本是尘土，复归于尘土。”诗人认为“那不是说灵魂，指的是肉体”。人生的终极地绝非坟墓，人生有更高的目标。不要坐享其成，不要怨天尤人，要一步一个脚印地奋然前行，完成时代赋予的崇高责任，这本身就足以使我们的生命充实，并永垂不朽。四、五、六三节进一步语重心长地强调正因为人生易老，时不我待，才更要努力，使有限的生命过得有价值一些。“艺业需恒久”，学成一种本领或技艺需要很长时间，所谓“生也有涯，而知也无涯”。因此，绝不能任凭命运摆布，在幻想渺茫的未来和沉湎往事中蹉跎岁月，要牢牢把握住今天去行动！末三节再进一步，站在历史的高度，借伟大人物的功业做启示，勉励人们在“时间的沙滩上”留下脚印，这脚印会给后来者以鼓舞，即使遇到困难危险也不致丧失勇气。人类正是在前仆后继、继往开来的活动中，谱写自己的历史的。每一个过往旅客都有责任在这部历史大书上写好属于自己的一笔。诗人以“不断地探求，点滴地积累，要学会工作，还要坚持不息”的强音结束全诗，在读者心中点燃了激情的火花。当年曾有一个读者对朗费罗说，他在对人生几乎绝望的时候，从报上读到了《人生颂》，重新鼓起了生活的勇气，打消了自杀的念头，而且从那以后他再也没有陷入那种不能自拔的痛苦之中。即使在一百多年后的今天，我们读它不也能加深对人生价值、人生真谛的认识吗？朗费罗在《歌手们》一诗中指出诗人的三项任务：娱悦、鼓舞、教导。《人生颂》实践了这一主张。

诗原有副题："年轻人的心对歌者说的话"。用一个青年对歌者说话的形式，表达尘世间一切都要灭亡，但灵魂不朽的主题。语气近于口语，给人一种亲切感，把看似普通的道理寓于鲜明的形象中。结构整齐，层层递进，字里行间洋溢着一股奋发之气。

郭谦　赏析

箭和歌

我把箭儿向空中射去，
不知它已掉落在哪里。
因为，箭儿飞得太快——
盯住它可没这个眼力。

我把歌儿向空中轻唱，
不知它已飘落在哪里。
因为，任凭眼睛多尖，
也难看清歌儿的飘逸！

我过了很久找到了箭——
笔直钉在一棵橡树上；
那歌儿我也重新发现——
完整地记在朋友心上。

黄杲炘　译

这首小诗纯净凝练、质朴明快，又有某种隽永的蕴意，值得玩味。诗人选择射箭、唱歌两件细小平凡的事，写自己的一种哲理性的思考和信念。向空中漫射一箭，本无目标，当然也不去问它的踪迹。何况它一去如飞，眼睛根本无法追寻。或为一时的悲喜，或为长久所至，随口唱出一支歌，歌声随风散去，谁又知道它飘向何方？何况再明亮的眼睛也无法看到歌声的飞扬！然而这常情常理却有出人意料的逆转——很久以后，诗人竟发现了箭，找到了歌。箭，“笔直钉在一棵橡树上”；歌，“完整地记在朋友心上”。是惊愕？是欣喜？是感慨？必是种种情怀齐聚于心头吧。原来无论是有形的箭，还是无形的歌，都有它们的落脚点。从这想开去，世间万事万物是否也都是这样呢？乃至我们一举手一投足，一个和善的眼神，一个浅浅的笑靥，是否也都会有意想不到的影响和后果呢？尽管我们一时不能觉察，甚至永不，但这种影响和后果毕竟是存在过。我们每一个人都会自觉不自觉地在这个世界上留下自己的痕迹。为了使这个世界更美好些，我们应当怎样要求自己呢？

小诗通篇写现象，末节显露出诗的主题，仍是引而不发。具象和抽象统一，诗情馥郁，思致精妙，闪耀出诗人思想的电光火花，照亮我们的心灵，启迪我们走向真正的善、真正的美。诗采用直叙手法，笔触素淡，却构成一点神秘感，这和它所显示的平凡单纯却是永恒的真理十分谐调。

郭谦　赏析

惠特曼（美国）

沃尔特·惠特曼（Walt Whitman，1819—1892），美国著名诗人，代表作品是诗集《草叶集》。他创造了独具一格的不拘音节、音步、不押脚韵的自由体。

我歌唱一个人自己[1]

我歌唱一个人自己，一个普通、单独的人，
然而唱出的歌词民主，歌词意味整体。

我歌唱生理，从头顶直到脚趾，
不单是相貌不单是头脑才值得缪斯关注，
　　我说那完整的形体更有高得多的价值，
我歌唱男性也平等地歌唱女性。

我歌唱热情洋溢、容易激动、力量无穷的
　生命，
由于在神圣的法律下最自由的行动而兴高
　采烈，
我歌唱这现代人。

江枫　译

[1] 选自 Inscriptions，有人译“铭言集”，初见于1871年版《草叶集》，置于卷首，在1881年版中，从9首增至24首，似译“献辞”为宜。

虽然是三节八行，在内容上却足以概括体现《草叶集》的全体。形式也是典型的惠特曼式自由诗，只是由于短小而未能反映出他豪放不羁的博大气势。

这首诗和其他八首短诗，初次出现在1871年版的《草叶集》，在“献辞”的总标题下置于全集卷首。带有序言和卷首语的性质，也像是提要。“我歌唱一个人自己”，虽然唱一个单独的人，其实歌唱的是全体。正像他在《自己的歌》中所说：

我赞美我自己，歌唱我自己，

我所讲的，适合于我也适合于你，

因为属于我的每一个原子也属于你。

惠特曼关于个人与整体的一致，灵与肉的和谐统一，男人和女人的平等，都在那海波似的排句中，纷纷涌出，以“我歌唱这现代人”作结，则表明了诗人全新的现代意识。

江枫　赏析

弗洛斯特（美国）

罗伯特·李·弗洛斯特（Robert Lee Frost，1874—1963），美国现代诗人，是迄今一生得过四次普利策优秀诗歌奖的仅有的一位，他的诗在美国各阶层拥有广大的读者群。

雪夜林边暂驻[1]

这是谁的树林我想我清楚，
虽然他在那边村庄里面住，
他看不见我在这里停下来，
观赏白雪覆盖住他的林木。

我的小马一定是觉得奇怪，
在这一年最黑的一个黑夜，
在树林和封冻的湖泊之间，
停在近处不见农舍的野外。

他抖了一抖挽具上的铃串，
仿佛在问是否走错了路线，
仅有的音响只是轻风一阵，
和白絮般飘飘落下的雪片。

这树林可爱、阴暗，而且幽深，

[1] 选译自《新罕布什尔》（1923）。

但是我有约定的事要完成。

临睡前还要再赶几里路程。

临睡前还要再赶几里路程。

江枫　译

《雪夜林边暂驻》是弗洛斯特的名篇，也是他的代表作之一。

和他的同时代诗人不同，他在形式上持保守的态度，曾讥诮自由诗是“打网球而又不用网子”。但是他对传统格律的运用，有时也比较自由，善于“推陈出新”，或叫“旧瓶装新酒”。他允许自己使用“松散的抑扬格”，也允许韵式破格。

但是这首诗却是一首严格的格律诗，每节四行，每行四个抑扬格四音步，韵式也经过精心设计：aaba bbcb ccdc dddd。

他善于使用浅白如农家家常话的语言，他的诗“没有修辞上的夸张”，“许多，如果不是大多，单独的诗行、单独的诗句，分开来读简单而无深意，但是，组合成为整体，就由于一种情绪上宁静的热切而成了美的构成因素”。《雪夜林边暂驻》就是以漫不经心的浅白话语，绘出了一幅宁静的林边黑夜赏雪图。

在国外，尤其在美国，对这首诗的赏析文章连篇累牍。当然，除了赞赏语言的清新、朴质与结构的疏密得宜之外，主要是解释寓意。因为弗洛斯特强调象征，主张诗始于娱悦、终于智慧。各家评论多想从中发掘微言大义。有人认为，雪夜森林的魅力是人生道路上某种引人误入歧途的诱惑，而“我”，责任感使“我”重归正路。所谓约定的事要完成，是指道义上、事务上或感情上，以至宗教上承担的义务。也有人认为，他对雪夜森林所感受到的美的吸引，是他本人对死亡的抗拒，“临睡前”还要贾尽余勇。但是弗洛斯特本人一贯坚持，那最后一节重复的最后两行，并非召唤死亡，而是暗示说话人的困倦。然而，当我们了解到他曾一再有过自杀的念头，也就不无理由认为，是对自杀倾向的对抗和克制。

他的另一首诗："我来到树林旁边，听，画眉歌声嘹亮！如果林外尚是黄昏，林中已黑暗无光……林中黑暗的深处，画眉仍鸣啭不休，几乎像召唤：请进，进去同唱悲歌。不，我还不愿进去，我出来是为看星星。我是说即使被邀请，何况并未受到邀请。"和《雪夜林边暂驻》合在一起读，可以给我们更多的"智慧"启迪。都不妨读作使命感战胜诱惑的喜悦，然而最后一节一韵到底，那催眠的单调，却暗示着疲惫、困乏，虽然挣扎着迈步向前，却已经倦眼惺忪，恨不得就地卧倒，一觉睡去。

江枫　赏析

爱和问题[1]

傍晚，一个陌生人来到门前，
　招呼这位俊俏的新郎。
劳顿不堪，忧心忡忡，握一杆
　绿白两色相间的手杖。
他用眼神而不是用口舌请求，
　请求允许他借住一宿，
然后转身，眺望着道路尽头，
　看不见有透亮的窗口。

那位新郎，迈步走到门廊里，

[1] 选译自《一个男孩的愿望》(1913)。

说："让我们看看天气，
再来考虑，陌生人，我和你
怎样解决过夜的问题。"
忍冬的叶子撒满前院的场地，
忍冬的浆果已经熟了。
秋天，是啊，风里有冬的气息，
"陌生人，但愿我能知道。"

屋里新娘在昏暗中默默无语，
探身，面向炉火熊熊，
由于炭火灼烤和内心的情欲，
脸上泛起玫瑰色红晕，
新郎注视着令人厌倦的路径，
看见的却是屋里的新人。
他希望她有颗黄金包裹着的心，
别着一枚白银的别针。

给人一点面包，施舍点钱财，
为穷苦人虔诚祈祷，
给富人以诅咒，在新郎看来，
都没有什么大不了，
但是该不该邀请个男人进宅，
让新房里容纳烦恼，
妨碍一对新婚夫妇间的欢爱，
他希望，他能知道。

江枫　译

弗洛斯特主张，“诗，总是由比喻写成的”，常常是“说的是一件事，指的是另一件事，以说另一件事的措辞，说这件事”。

《爱和问题》正是在以比喻说话。

全诗四节，每节八行，松散的抑扬格（抑扬格为主，抑抑扬格和扬抑格并见）四音步（单数行）和三音步（双数行）相间，单数行无韵，其韵式是：xaxaxbxb xcxcxdxd xexexfxf xgxgxdxd。译文韵式一致，但是单数行全都自然押韵。

问题，到篇末仍是问题，留给读者去回答。

弗洛斯特的惯用语言，是把家庭当作社会和国家的缩影或象征。

诗里的新郎，是犹豫的。从“他希望她有颗黄金包裹着的心，别着一枚白银的别针”一句的暗示，似乎倾向于得到新娘的同意，接纳过客。但是最后一行“他希望，他能知道”，却表现出迟疑。

这种犹豫，似乎合乎常情，完全能被人们所理解。诗人虚构这样一种进退两难的境地，究竟为了表现什么？这是留给读者去想象和解答的问题，结果将因人而异。

弗洛斯特死后，人们，首先是他的传记作者发现，诗人在诗中显现的形象，是他有意识希望读者相信的形象，却不是弗洛斯特的真实形象。据此，则可以认为，在回答问题上的犹豫，倒可能真实反映了诗人阴暗内心的犹豫。

江枫　赏析

火与冰[1]

有人说世界将毁灭于火，
有人说，冰。
根据我尝味欲望的收获，
我赞成毁于火这一说。
若是毁灭两次已经注定，
凭我对恨的充分体会
可以说，要论破坏，冰
也有强大雄威
而且足够完成。

江枫　译

弗洛斯特的诗大致可分三类：一类是占多数的抒情短诗；一类是通过戏剧性独白或对话叙事的较长的诗；第三类，就是《火与冰》这种议论诗。

这首诗从诗行长短看比较自由，但是行内仍采用比较严格的抑扬格音步，而且押韵，韵式是：abaabcbcb。“始于娱悦、终于智慧”是他信守的吟咏之道。即使不能给人以悦目怡神的场景、饶有情趣的故事，也要在动听的音响中施舍他的“智慧”。

火，显然，象征欲望。冰，象征恨：忌恨、仇恨、憎恨。

有过一点人生经历的读者，都容易接受他的教训：虽不能求证于整个世界，却可以得到各种性质和形态小世界命运的支持。

[1] 选译自《新罕布什尔》（1923）。

这短短九行小诗，是超脱语，也是辛酸话，是哲理格言，也是经验之谈，既表达了一种信念，同时又是无可奈何的叹喟。似乎是在劝诫世人：不可玩火，也不要弄水。但是他却说过，“我一向认为我们之所以能够前进，由于恨的程度并不亚于爱。”

欲望之火、憎恨之冰，在弗洛斯特似乎意在山水之间的外表下，啃啮着他的身心。有时驱使他寻求了结于自杀，而常常困扰得他怀疑自己随时可能发疯，显然他那心灵世界曾毁灭过不止一次：由于欲望，也由于恨。

但是读者，仍然可以从这首小诗中，从过来人付出痛苦代价的结论中，得到一种“悟道”的喜悦：欲望和恨都有可能引人濒临深渊，不可不慎。

这首诗也可以证明弗洛斯特所称的艺术净化生活功能。洗去污泥的土豆，是要比刚出土的土豆有光泽。

江枫　赏析

狄金森（美国）

艾米莉·狄金森（Emily Dickinson，1830—1886），美国著名女诗人，她的诗和惠特曼的诗一样，被公认为标志着美国诗歌新纪元的里程碑。

有两个可能[1]

有两个可能
有一个必然
还有，一个应该。
无限的折中
是我愿！[2]

江枫 译

一般情况下，狄金森的理念总是带有可感知的特征，总是以有尺寸、有音响、有色彩、有质感、有形状的形式出现。例如：“希望是个有羽毛的东西”，会飞，会唱，有体温，栖息在人们心底。而“名声，是一只蜜蜂”，它有一首歌，它有一根刺，它还有一对能飞的翅膀。

但也有些诗，几乎就是赤裸的理念本体。《有两个可能》是这

[1] 大约写在1884年。

[2] 可能，至少有两个；必然，只能是一个；应该，是伦理或法律的判断；“我愿”，不过是上述条件下的折中，所以无限，是因为在上述条件制约下，仍可有各种利弊得失的考虑。

类诗歌典型的一例。

似乎是几个情态动词的排列组合，却实在是足以引发无限生动联想的抽象。我相信，说过“我愿”的人都会同意这一论断，而谁又不曾说过“我愿”呢？

一个赤条条的真理，像一个全裸的维纳斯或一丝不挂的大卫，突然呈现在你眼前，你能木然无动于衷？你能不感觉到某种伴随着快感的启示和伴随着启示的快感？何况这赤条条的真理，还披着一件整洁、匀称、适体的诗歌艺术形式外衣。类似的诗，还有不少，例如：

一加一，是一——

二，应该废弃—

对于学习已经足够—

若是为了选修—

或是生，或是死—

或是永恒，一门就可以—

多了，太大—

灵魂，难以容纳—

而《有两个可能》，可算得是此类之极端一例。

江枫　赏析

要说出全部真理，但不能直说[1]

要说出全部真理，但不能直说—[2]
成功之道，在迂回，
我们脆弱的感官承受不了真理
过分华美的宏伟

像用娓娓动听的解释消除孩子
对雷电的恐惧心
真理的强光必须逐渐释放
否则，人，会失明—

江枫　译

狄金森的思辨能力和想象力一样强，哲理、事理，她都爱写，常有警辟佳句，时而浅显如幼儿园阿姨说故事，时而又如博士谈玄，大概都和这种主张有关：

要说出全部真理，但不能直说—
成功之道，在迂回，

真理的强光必须逐渐释放
否则，人，会失明—

而且还因为她相信：

我们能猜的谜

[1] 大约写于1868年。

[2] —，不是破折号，为狄金森写诗所用的特殊符号，较破折号短，作用类似标点，以表达过渡、跳跃、停顿、省略，或者只是为了造成音韵上的起伏跌宕，几乎成了她的“注册商标”。

我们很快抛弃—
世界上将没有陈腐，只要昨天
还被认为神奇—

由于信奉这类原理，她常能使读者从司空见惯的现象中悟出深意，从陌生化的外衣下看出平凡真相不为常人认识的美，而且迫使读者放弃懒惰的享受，在接受中参与创造，从创造性的审美活动中获取双重的审美乐趣。

但是，也由于信奉这类原理，加之在文字上力求简洁凝练，她有些被称为“电报体”的哲理诗，跳跃大、转折多，取譬远而奇，也会使读者难以追循她如风似电般思路的轨迹，而显得晦涩费解。

谜不是诗，谜可以是诗。尽管容易猜的谜会被很快抛弃，而百思不得其解时，人们也不会从徒劳的猜测中得到乐趣。

真理，可以直说，也可以曲说。“成功之道，在迂回”，也因为在迂回的道路上可以看到逐渐释放的真理光辉。如果迷信迂回，手段成了目的。读者在迂回的道路中深入迷宫、不得其门而出时，诗人也就自我封闭在没有出路的迷宫而和读者隔绝。

江枫　赏析

篱笆那边[1]

篱笆那边—
有草莓一棵—
我知道，如果我愿—

[1] 大约作于1861年。

我可以爬过—
草莓真甜！

可是，脏了围裙—
上帝一定要骂我—
哦，亲爱的，我猜，如果他也是个孩子—
他也会爬过去，如果，他能爬过。

江枫　译

这样的诗，是可赏而不可析的。

那孩子，是狄金森，也是你，是我。生活中有草莓，有篱笆，有上帝。谁生活过，谁就能理解。

草莓，甜的，草莓与“我”之间总有篱笆。

诗中的几个意象都有丰富的象征意义。“草莓”可以看作人们所喜爱的事物，所追求的目标；“篱笆”既是一种界限，更是一种障碍，是阻隔人们实现愿望的一种距离，而篱笆那边的草莓总似乎更甜，则道出了人们的一种普遍心理。狄金森曾一再吟咏过：天堂是我难以企及的地方，禁果的滋味最美，饥饿刺激食欲，等等。“上帝”的含义则更为丰富，在“孩子”心目中的上帝，可以是长辈、管家或导师，可以指至高无上、无所不能、无处不在的“唯一真神”，也可以是行为的伦理、法律、神学规范。意味深长的是，“我猜，如果他也是个孩子—他也会爬过去，如果，他能爬过。”这无疑是对“上帝”的一种调侃，对于拥有神圣权威的立法兼执法者的一种俏皮而深刻的讽刺。原来一本正经训诫别人的不好行为，“上帝”自己未必就不想做……这一切也许是我们读诗后的主观猜测，但这首短诗确实经得起人们的咀嚼，也自然会引起人们的各种联想。

狄金森在这首诗里，以孩子的语言、孩子的想法，写出孩子的内心独白，构制了一个耐人寻味的象征。这独白中的真实与谬误，全都发人深思，因为在上帝面前，我们永远，而且，全都是幼稚的孩子。成熟一点，就会知道。不过，也许还是不成熟的好，伴随着成熟的是苦恼。幼稚有幼稚的幸福。

那独白的孩子可能会错，却仍然是幸福的，尽管会挨骂，怕挨骂，或许挨过骂，然而，经过合理化猜测，再嘲笑一番上帝的嫉妒和不能，也就有了合理化的补偿和满足了。

狄金森不幸，不是孩子，写这首诗的 1861 年，正当她和牧师沃兹华斯邂逅相爱之时，我们有理由相信，此诗之作和他们结合无缘一事不无关系，字里行间确也流露出对于某种美好事物可望而不可即又无可奈何的幽怨心情。

江枫　赏析

庞德（美国）

埃兹拉·庞德（Ezra Pound，1885—1972），美国诗人、批评家。1913年后创立“意象派”诗歌集团，起了理论家与组织者的作用。代表作品有《神州集》（1915）、《休·赛尔温·莫伯利》（1920）和《诗章》（1916—1968）等，对英美现代派诗歌的发展有一定的影响。

在一个地铁车站

人群中这些面孔幽灵一般显现，
湿漉漉黑色枝条上的许多花瓣。

杜运燮　译

庞德是20世纪美国意象派诗人的主要代表，他从中国古诗中受到启发，主张采用短小精练的意象来表现诗人的思想感情。这首描写地铁车站的小诗是其创作主张的典型代表，发表后曾广为流传，并被选入多种诗集和高校教材，产生过巨大的影响。

庞德回忆说，《在一个地铁车站》的灵感是偶然在巴黎地铁车站获得的。当时使他激动的印象促使他写下了一首三十一行的诗。但他觉得对印象的表达不够凝练，因而信手撕掉了。半年之后，他又为这印象写了一首十五行的诗，仍然不能满意，感觉其表现的强度还不够。又过了一年，他终于把这印象浓缩为两行，深感这首小诗“密实可喜”，自认为达到了他所期望的诗歌境界。

这首诗是诗人在巴黎地铁车站看到许多张美丽面孔后的亲身感

受，其精彩之处主要在于第二句意象的运用。那么，这后一句比喻式的意象究竟意味着什么呢？从“花瓣”来看，无疑含有赞美之意，说明地铁乘客多半打扮得很漂亮；从“黑色枝条”来看，同“幽灵”相关，似乎又包含某种贬义；而“湿漉漉”则带有双重性，花枝湿润固然可喜，但潮湿却令人烦厌。正是这些意象的矛盾性，引起人们种种不同的猜测，有人说“暗示了现代城市生活那种易逝感，那种非人格化”；有人说“它揭示了资本主义给城市带来的拥挤和庸倦”；也有人认为这首诗既有对城市繁华的赞美，也有对城市喧嚣的厌烦。倘从意象自身的二重性来看，这最后一说似乎较有道理。

应当指出，意象诗的妙处主要在于意象选择的准确、贴切，又富含深意，往往可以引起人们的多种猜测和理解（即具有意象的多义性、丰富性）。这里“湿漉漉黑色枝条上的许多花瓣”的意象，正是实现了上述要求，能激起读者各自不同的许多联想，回味无穷。

许自强　赏析

H.D.（美国）

H.D.（1886—1961），美国女诗人，本名为希尔达·杜利特尔。她的第一部诗集《海的花园》（1916）使她成为意象派代表人物之一。她这个时期的诗短小、精致、富于韵味。后期创作的两部关于战争的叙事诗《三部曲》（1944—1946）和《海伦在埃及》（1961）表达了她对现代社会非理性的暴力的批判以及对个人和精神的复活和追求。

群星在紫光中旋转

群星在紫光中旋转，你的星不像
黄昏星那样难得露面，也不那么巨大
如明亮的“毕宿五”或是“天狼”，
也不像战神的那颗那样血污耀眼。

群星在紫光中回旋，光辉夺目；
你的星没有“七姊妹”那么仁慈
也不像“猎户座”那些蓝宝石，璀璨晶莹；

而是显得清醒、矜持、冷峻，
当所有别的星摇摇欲坠，忽明忽灭
你的星却钢铸般一动不动，独自赴约
去会见货船，当它们在风浪中航向不明。

李文俊　译

这首诗歌颂了始终固定在天顶的北极星。它总是在同一个方位发亮，不像只有黄昏时出现的金星（长庚星）。虽然它的亮度不如天上最明亮的“毕宿五”与“天狼座”，颜色也不像火星（在英语中“火星”——Mars，和希腊神话中的“战神”是一个词）那样发红。诗里说“七姊妹”仁慈，因为按照西欧习惯，昴宿星团（七星座）出现在春天的夜空时，农夫就应该耕种了。七星座能给人们收获，所以说它们“仁慈”。猎户座的诸星则略带蓝光，所以诗人称它们为蓝宝石。以上这些星座都在穹宇里旋转——当然是因为地球公转与自转的关系，唯独北极星一动不动，忠实地充当在惊涛骇浪里艰苦航行的船只的向导。

诗人写星，实际上当然不止如此。在生活中，我们也会遇到各种各样的“星辰”，有的光辉夺目，有的慈祥，有的威武，但是遇到险恶环境，它们会“摇摇欲坠，忽明忽灭”。但是有的星辰，平时显得“矜持、冷峻”，在关键时刻却表现得非常坚定、可靠、守信用，从而给周围的朋友以巨大的帮助。

李文俊　赏析

维多夫罗（智利）

维森特·维多夫罗（Vicente Huidobro，1893—1948），他向文学传统挑战，提出诗歌即是“绝对的创造”，人送绰号“创造主义者”。他的代表作品有诗集《水镜》《赤道》《最后的诗》等，以1931年出版的长达3000多行的长诗《阿尔塔索尔》最负盛誉，都对拉美诗坛产生过相当影响。

论诗的艺术

愿诗歌变成一把钥匙
打开那千百扇的门户。
一叶落下，某物飞过；
目之所击，都被创造，
让听者的灵魂打哆嗦。

创造新世界，修饰你语言；
不花费气力，羞煞形容词。

我们的神经循环。
肌肉高悬，仿佛记忆在博物馆；
然而我们并非因此少力气：
真正的灵感在大脑里。

你们为何将玫瑰歌唱，哦，诗人！
你们要让它们在你们诗里开放。

万物在阳光下生存
仅仅是为了我们。
诗人是一个小上帝。

于凤川　译

这首诗是维多夫罗创造主义诗歌理论的代表作。它和诗人的《1917 年宣言》一起，比较系统地阐明了他的诗歌理论。

维多夫罗从年轻时就为他的诗歌寻找一种理论支柱，要寻找一把打开千百扇门户的钥匙，这把钥匙就是诗人所说的诗歌的创造，让“目之所击，都被创造”，而创造出来的诗歌要“让听者的灵魂打哆嗦”。诗人认为，为此必须组织一个真正的诗派，按照自己的精神进行诗歌创作。原因是：“我们现在所处的时代不同了，真正的诗人是善于和时代的脉搏一起跳动并推动时代前进的诗人，而不是后退的诗人。”（见诗人 1913 年 11 月 15 日《蓝》一文）

1914 年，诗人对他的创造主义诗歌理论做了进一步阐明。他说：“大自然母亲，我不必成为你的奴隶，我将成为你的主人……你将为我效劳，当然，我也为你效劳。我要拥有不同于你的树木，我将有我的山峦、河流、海洋，我将有我的天空和星辰。”

诗人上述思想的实质是，诗应有自身的风格，具有自己的规律，不被日常生活所左右。诗人“真正的灵感在大脑里”，除周围的现实外没有别的现实。诗人说，花与动物只有诗人用大自然母亲仅仅给予诗人的特殊天赋才能创造出来。这种创造主义思想可以在两句诗里体现出来：

你们为何将玫瑰歌唱，哦，诗人！
你们要让它们在你们诗里开放。

诗人让玫瑰听诗人们的话，在他们诗里开放，不像现代主义诗人以歌唱天鹅和玫瑰为主要对象。诗人为何有令玫瑰开放的本领，因为，“诗人是一个小上帝”，他可将微小激情行星上的混沌加以凝缩。

维多夫罗的创造主义诗歌理论，在具体的写作方法上可以归纳为把抽象的东西具体化，把具体的东西抽象化；把事物人格化；把一切晦涩的东西写得清晰和准确。

于凤川　赏析

聂鲁达（智利）

巴勃罗·聂鲁达（Pablo Neruda，1904—1973），智利当代著名诗人，1971 年获得诺贝尔文学奖。聂鲁达在拉丁美洲现代文坛上占有重要的地位，他兼收并蓄欧美现代派诗歌的创作方法，同时将抒情诗与政治题材融于一体，奠定了拉丁美洲 20 世纪诗歌的创作基础。代表作是诗集《二十首情诗和一支绝望的歌》。

童年的我啊，你在何方？

童年的我啊，你在何方？
仍包藏在我的躯体里，还是已经消亡？
谁知道是由于我不喜欢他
还是他不喜欢我？
我们共同度过那么多时光，
难道长大成人就是为了分离？
童年的我既然已经逝去，
为什么我们并没有死在一起？
如果作为灵魂，他已经离去，
为什么还要剩下我这副骨骼和躯体？

陈光孚　译

这是一首对童年的挽歌。古今中外，不少诗人写过回忆童年的篇章，有些作品是对童年寄予美好的回忆；有些是记载着童年有趣的场景；有些带有对童年的失落感；有些是对童稚心灵的颂扬。但是，聂鲁达这首短诗的妙处在于利用童年这一常见的题材赋予作品一种哲理性的新意，每句都有潜在的含意，字面含蓄，字意深沉，读完意犹未尽，给读者留下了思考的余地。

作者首先提出童年的消逝问题，以感慨万千的问句道出了对童年的留恋。童年的一去不复返是由于成年的作者不喜欢童年的自己，使他远离呢，还是童年的自己不喜欢成年的“我”呢？作者在这里暗示着童年的他与成年的他已经判若两人，无论是身躯还是思想已经完全不同了。童年的天真、稚气和遐想都随着光阴的消逝而泯灭。作者几十年来参加了无数次政治斗争，也经历了文学界的风风雨雨，虽然成熟了，但在诗句中仍表露出对童稚的留恋和赞颂。他不愿意与童年的自己分离，惋惜童年的逝去，从自己身上已经再也找不到童年那些值得珍重的情感和品行。

这首诗是作者晚年的作品，收集在他的遗作《疑问集》之中。诗人在晚年遇到了不少的困惑。他在回忆录《我曾历尽沧桑》中反思过一生中的经验及教训，对当时国际共产主义运动的内部斗争表示不理解；对自己曾参加对斯大林的个人崇拜表示悔恨以至对社会的一些现象表示茫然。这些，他都归罪于自己失去了童年时代那种天真无邪的品格和敢哭敢笑敢怒的直爽气质。故此，诗中的最后两句充满着激情，犹如对苍天疾呼：“如果作为灵魂，他已经离去，为什么还要剩下我这副骨骼和躯体？”

全诗由六句问话所组成，没有一句是肯定句，但其中又带着作者的肯定成分，字里行间凝聚着对童年的怀念、留恋和颂扬，这也是聂鲁达诗歌的特点之一——含蓄中见真情的例证。

陈光孚　赏析

博尔赫斯（阿根廷）

豪尔赫·路易斯·博尔赫斯（Jorge Luis Borges，1899—1986），阿根廷诗人、作家。先锋派、极端派以及超现实主义都是他的标签，被誉为“作家们的作家”。

诗的艺术

看着时间和水汇成的河
会想到时间的河并不一样，
要知道我们会像江河一样消失
而脸庞像水一样流淌。

感到醒是另一种
梦见不做梦的梦，
我们的肌体惧怕的死亡
这每夜的死亡就是梦乡。

在一天或者一年当中
看到人生岁月的象征，
将对岁月的践踏
变成低语、形象、乐声。

在死亡中看到梦，
在日暮中看到忧伤的黄金，
这就是不朽而又可怜的诗歌，

既像黎明又像黄昏。

有时一张面孔，在傍晚
从镜子里将我们端详；
艺术就应该像镜子一样
揭示我们自己的脸庞。

听说乌利希斯，传奇式的英雄，
为爱情啼哭，当看到卑微的国土碧绿葱茏，
艺术就该像伊塔克[1]那样
并不神奇却万古长青。

它像江河一样奔流不停，
既行又止，像赫拉克里托[2]一样变化无穷，
既是自身又是他物，
像江河一样无止无终。

赵振江　译

局　限

有一句魏尔兰的诗，我再也记不起，
有一条比邻的街道，我再也不能进。
有一面镜子，我照了最后一次，
有一扇门，我已将它关紧

[1] 伊塔克是《荷马史诗》中的英雄乌利希斯的家乡。

[2] 赫拉克里托（？—前480）是希腊哲学家。他认为物质处在不停的变化中。

／

直至世界末日降临。
在我图书馆的书中有一本
我再也不会打开——现在正注视着它们。
今年夏天，我将满五十周岁，
死神在将我不停地磨损。

赵振江 译

博尔赫斯的诗作形式简朴、内容深奥。时间、梦幻、死亡、迷宫等虚实结合、神秘莫测的事物常常是他吟咏的主题。在他的作品中，既有“一切皆流、一切皆变”的辩证思想，又有“怀疑主义”和“不可知论”的唯心主义因素。他认为，古往今来的诗歌都在重复同样的题材，如同日暮和黎明的重复出现一样。因此，他很重视诗歌的形式，并力图通过自己的诗歌来探索宇宙和人生的奥秘。诚然，这种探索是永无止境的，正如宇宙和人类的发展永无止境一样。博尔赫斯诗作的另一个特点是善于将抒情与叙事、理智与激情、议论与思考等相反相成的因素熔于一炉，使之水乳交融、互相渗透，通过诗歌的形象来表达深奥的哲理。这里所选择的两首诗，都体现了博尔赫斯诗作的典型风格。在《诗的艺术》中，诗人向我们表明了他对时间和人生的看法：二者都像河流一样，永远不会停滞和静止，而是处在永恒的运动和变化当中。生和死就像梦和醒一样。诗人就是凭借稍纵即逝的灵感，捕捉生活中不时闪现的火花，从而冶炼出生动、和谐、优美的诗句。他认为诗人的才能在于联想；诗意的绝妙在于朦胧；艺术的作用在于像镜子一样，使人透过它看到事物，而又不是事物本身。他认为，艺术应该像希腊神话中的英雄人物乌利希斯的家乡那样，平淡无奇又永垂不朽；应当反映自身同时也反映万物；应当像江河一样永不停滞，而且变化无穷。在《局限》

这首小诗中，博尔赫斯通过日常生活中最平凡的琐事向我们揭示了一个人生的真理：任何事物都有一个局限，生命的尽头就是死亡。不管你承认还是不承认，也不管你是自觉还是不自觉，死神时时刻刻在磨损着我们。用词简单而寓意深刻，这正是博尔赫斯诗作的独到之处。

赵振江　赏析

巴列霍（秘鲁）

塞萨尔·巴列霍（César Vallejo，1892—1938），秘鲁诗人、作家。他和聂鲁达一样，曾对拉美诗歌起过巨大的推动作用。他的代表作有诗集《西班牙啊，别让我饮这杯苦酒吧》和《人类的诗篇》。

相信眼镜，莫信眼……

相信眼镜，莫信眼；
相信梯子，绝不信台阶；
相信翅膀，莫信鸟儿
只信你，只信你，只信你。

相信邪恶，莫信恶棍；
相信酒杯，永不信烈酒；
相信尸体，莫信人
只信你，只信你，只信你。

相信多数，莫信一个；
相信河床，绝不信潮流；
相信裤子，莫信腿
只信你，只信你，只信你。

相信窗户，莫信门；
相信母亲，但不信九个月；

相信命运，莫信金骰子，
只信你，只信你，只信你。

于凤川　译

这是一首哲理诗，表明了诗人对事物静与动、虚与实、多与寡、命运与筹码的看法，证明了他的唯物主义世界观和方法论。

诗人在诗中主张相信静物——眼镜、梯子、酒杯、尸体、河床、窗户、命运，而莫相信动物——眼、台阶、烈酒、人、潮流、门和金骰子，因为静止的东西是客观存在的，可以摸得着，看得见；相反，动的东西就不同了，往往带有更多的变易性、复杂性，不可一概而论。比如死了的尸体，大致可以盖棺论定，而活着的人却反复多变，难以定论。这种看法自然不无片面，但作为诗句，看来其中是熔铸着诗人生活中的经验教训的。

诗人进一步指出，要“相信多数，莫信一个”，这正是生活经验的总结，并特别反复说：“只信你，只信你，只信你。”“你”是指谁？我们不妨理解为指整体，或者说全人类，这就道出了诗人的真实用意，是说：不管事物千变万化，人类这个整体总是客观存在的，一定要相信人类。

这首诗选自诗集《人类的诗篇》，这时的诗人已信仰唯物主义和共产主义，他已经加入了秘鲁共产党。这首诗从某个侧面也反映了诗人对于复杂多变的现实斗争的一种看法。

于凤川　赏析

泰戈尔（印度）

拉宾德拉纳特·泰戈尔（Rabindranath Tagore，1861—1941），印度现代最著名的诗人，也是享有世界声望的东方诗人。他的诗歌优雅而明朗，婉转而坚韧。在他的笔下，不仅有印度美丽的自然风光与各阶层人民的生活形象，也有对各国人民的斗争的支持与倾诉。1913 年，他获得了诺贝尔文学奖。他最著名的诗集有《吉檀迦利》《新月集》《园丁集》《飞鸟集》等。

园 丁 集（52）

灯为什么熄了呢？
我用斗篷遮住它怕它被风吹灭，因此灯熄了。
花为什么谢了呢？
我的热恋的爱把它紧压在我的心上，因此花谢了。

泉为什么干了呢？
我盖起一道堤把它拦起给我使用，因此泉干了。

琴弦为什么断了呢？
我强弹一个它力不能胜的音节，因此琴弦断了。

冰心　译

这是一首含蓄隽永的哲理小诗。

在我们的生活中，出于好心而办了坏事，或者因为贪图一己之私利，既害人又害己的事是常有的。在这首诗里，诗人通过四个生动鲜明的意象，巧妙地把这个既浅显又深奥的道理表现了出来。细细品味，这几种意象的寓意既有共同点，又各有侧重。

“用斗篷遮住”本来是怕灯“被风吹灭”，灯反而熄灭了；对花过分施爱——“紧压”在心上，却使花儿谢了。第一节诗，借取“灯”和“花”的形象，表现了不适当的照顾和过分的爱，足以贻害对方的道理。“泉”本是公众共享的，可是“我”却要“把它拦起”来，供自家使用，于是，泉水干涸了。这里是警告世人不可贪心。诗的最末一节，则通过“强弹”而使“琴弦断了”的事例，告诉我们：无论做什么事情都要顺其自然，掌握分寸，如果不顾客观条件的限制，单凭主观意愿强力而为，只能适得其反，把事办糟。

岳洪治　赏析

飞 鸟 集（节选）

1

夏天的飞鸟，飞到我窗前唱歌，又飞去了。

秋天的黄叶，它们没有什么可唱，只叹息一声，飞落在那里。

6

如果你因失去了太阳而流泪，那么你也将失去群星了。

57

当我们大为谦卑的时候，便是我们最近于伟大的时候。

65

小草呀，你的足步虽小，但是你拥有你足下的土地。

82

使生如夏花之绚烂，死如秋叶之静美。

100

白云谦逊地站在天之一隅。

晨光给它戴上了霞彩。

130

如果你把所有的错误都关在门外时，真理也要被关在外面了。

200

燃烧着的木块，熊熊地生出火光，叫道："这是我的花朵，我的死亡。"

204

歌声在空中感到无限，图画在地上感到无限，诗呢，无论在空中，在地上都是如此。

因为诗的词句含有能走动的意义与能飞翔的音乐。

217

果实的事业是尊贵的，花的事业是甜美的；但是让我做叶的事业吧，叶是谦逊地、专心地垂着绿荫的。

231

鸟翼上系上了黄金，这鸟便永远不能再在天上翱翔了。

267

死亡隶属于生命，正与生一样。

举足是走路，正如落足也是走路。

277

当我死时，世界呀，请在你的沉默中，替我留着"我已经爱过了"这句话吧。

郑振铎　译

《飞鸟集》是一部抒情短诗集，共325首。它采用极其简短的散文句式，如同格言警句一般，精练含蓄、隽永有味，看似平淡的语言中，蕴含着深刻的人生哲理。克里希那·克里巴拉尼对它做了较高的评价，认为这部小作品显示了诗人的机智和聪慧的才思，它“采用的是传统的诗体格式、警句和寓言形式。他的同胞喜爱那些充满乡土气的机智格言，并不断运用它——这里智慧像片剂的药物一样，容易吞服消融”。

《飞鸟集》中的作品，表面看来，并无重大的社会主题，似乎常写花花草草、星星麻雀一类在生活中并不起眼的东西，实质上其中渗透着诗人对自由的向往，对真理的崇拜，对神圣事业的追求，可以说是以小见大，以少胜多，耐人寻味。孟加拉语文学学者石真评论说：“《飞鸟集》是极其自由地用精湛的文字记录下来的诗人对绿树、小草、秋云、落叶以及晨间的迷雾、黄昏的天空、子夜的风雨所引起的联想；是对自己所处的被压在权力轮子之下的地位的悲愤；是对强权的蔑视与咒诅和对趋炎附势的市侩的讽刺。”例如：第一首以飞鸟和黄叶的对比，表达了诗人对欢乐自由的向往；而黄叶的叹息，也令人想到对命运不公的惋惜。第六首既指出了人应当顺应自然规律，也应放远眼光，着眼现实，显示出一种知足常乐的良好心态。第六十五首歌咏小草，它告诉人们平凡和伟大如同小草和大地一样紧紧相依，不可分割，这也正如第五十七首所指出的谦卑与伟大的关系一样。泰戈尔在叙述这些人生哲理时，运用了诗一般的绚丽多姿的语言和清新鲜活的艺术形象，如第一百首赞美“谦逊”时，把它喻之为晨光披上彩霞之“白云”。尤其表达泰戈尔的生死观时，意象更加优美，在第八十二首中，他说“生如夏花之绚烂，死如秋叶之静美”；第二百首把死亡比喻成燃烧木块的熊熊火光，深刻揭示出生死相依的辩证关系和人生价值。尤其是将“爱”

作为生命的主体，至今仍有巨大的现实意义。由此可见，《飞鸟集》不但文采华美，语言简练，而且在给予人真理启示的同时，还能使人享受到巨大的艺术美感。我国学者、评论家对《飞鸟集》的内容和形式都给予高度的评价。郑振铎说："泰戈尔的这些短诗……往往在短短的几句里，包含着深邃的大道理，或尖锐的讽刺语……那些诗，是带着很深刻的讽嘲，甚至很大的悲愤的，更多的诗是充溢着对人和自然的爱的；还有些诗是像'格言'的，其中有不少是会令人讽吟有得的。"

《飞鸟集》在中国产生了很大影响。它是我国翻译介绍最早的泰戈尔诗集，二十世纪二三十年代有好几种译本，对我国新文学运动中的诗歌发展颇有影响。在当时受《飞鸟集》影响出现的那些"小诗"中，以冰心的《繁星》和《春水》最著名。冰心说她读了《飞鸟集》后，"觉得那小诗非常自由，就学那种自由的写法，随时把自己的感想和回忆，三言两语写下来。"

《飞鸟集》1916 年在伦敦出版。其中的诗绝大部分是诗人从他的孟加拉文诗集《微思集》（又译《碎玉集》《碎屑》）中选译的，有少数是诗人 1916 年访日时的即兴英文诗作。

许自强　赏析

伊克巴尔（巴基斯坦）

伊克巴尔（Iqbal，1877—1938），巴基斯坦民族诗人。

孤　独

我立在大洋之滨，
询问那汹涌的波涛——
你在辛苦地探求什么，
探求什么无穷的苦恼？
成千灿烂的明珠
闪耀在你的外衣边上，
可是在你的胸膛里，有没有
一块宝石、一颗心，像我的一样？
——波涛战栗着从岸边逃开，
它逃开了，什么也没有讲。

我站立在山前，
说：无情的东西！
难道你从没有听到过
悲哀的叹息？
你的花岗岩里是否
藏着一个殷红的滴血的谎，
不要拒绝回答我，
不要使我苦恼悲伤！

——山板起冰冷的面孔
避开我，一句话也不讲。

我走过长长的旅途
去探问月亮——呵，你命定的流浪者，
你会不会在遥远的某一天，
结束掉你的厄运？
你银色的光辉给大地镶一道边
就像素馨花在湖边上开满。
你胸中是否有一颗心，
它的光热烧焦了你的面容？
——月亮用妒忌的眼睛
望着群星，什么也没有说。

我走过月亮和太阳
来到上帝高坐的地方，——
我叫喊说：在你的整个世界
没有任何东西是我的亲属：
那个世界没有心，一撮尘土
就是整个的心，就是一切痛苦；
你的花园充满魅力，
但我在那里歌唱是完全无益！
——上帝的嘴唇挤出一个微笑。
他微笑，可是一言不发。

陈敬容　译

《孤独》一诗的审美对象是抒情主人公的内心。诗人精心描绘的四幅色彩幽暗的画面，正是他强烈感情的自然流露。诗歌题为“孤独”，但全诗却无一字提及孤独，诵读全诗，又分明能深切地感受到诗人无处不在的孤独。

诗人把孤独的感情融入自然物象中，上下求索，在浩瀚无垠的自然景观中，向大海、高山、月亮和上帝屡屡发问，他希望大海能有一颗像自己一样“宝石”般的心；他奇怪高山的花岗岩里为什么藏着“滴血的谎”；他探问月亮何时能结束“流浪者”的“厄运”；他呼天抢地，世界为什么没有自己的亲属？对他发自肺腑的质疑、呼唤，大海、高山、月亮和上帝都报之以冷酷的沉默。无以为伍的孤独、感情无法沟通的寂寞、渴求理解和交流而不可得的悲哀，充溢在每一诗行中，强烈地震撼着读者的心扉，催人泪下。

诗人在诗作中驰骋想象，选取广阔空间中的博大事物，作为自己求索、征询的对象，在恢宏、壮观的背景中，凸显人物在大自然中的渺小和孤独，产生强烈的艺术效果。

邢化祥　赏析

纪伯伦（黎巴嫩）

卡里·纪伯伦（Kahlil Gibran，1883—1931），黎巴嫩著名的诗人，散文作家，画家。

小溪，你说什么

清晨我漫步在山坡谷地，
晨光宣泄着永恒的秘密，
山涧里流淌出一条小溪，
她在歌、在唤、在吐露心曲：

生活并非安逸，
　　它是思念和希冀。
死亡并非哀歌，
　　它是失望与憔悴。
智者不在言词，
　　其秘密在言词背后藏匿。
伟人不在高位，
　　不屑权位者才配享荣誉。
高尚并不与先辈同义，
　　多少贤者成了先辈刀下鬼！
锁链并不象征卑贱，
　　它可能比项链更珍贵。
华服并不代表安适，

　　天堂建在美好的心灵里。
炼狱并不限于酷刑，
　　内心空虚是地道的炼狱。
田产不会永远闪耀金光，
　　多少富豪如今在颠沛流离！
贫穷不意味着低微，
　　世上财宝来自粗食布衣。
美丽并不在于容貌，
　　俊雅是心灵闪射出的光辉。
完满的成就并不专属尊贵，
　　某些罪恶也许能带来恩惠。

这就是小溪道出的话语，
她让左右岩石听个仔细。
小溪吐露的一番衷曲，
或许归于大海的秘密。

李唯中等　译

这是一首新颖别致的格言诗。但诗人一反传统格言诗的枯涩、乏味，赋说教以抒情诗式的彩衣。

山坡谷地沐浴着晨光，嶙峋的岩石间流淌着淙淙的溪水。这诗意盎然的山情野趣令人流连忘返，然而更令人难以忘怀的是小溪“吐露”的那一支清新隽永的“心曲”。

这支“心曲”实际是由一束束格言、警句连缀而成的人生训诫。

在诗人的笔下，小溪宛如《先知》里的智者亚墨斯达法，岩石宛如阿法利斯城的居民，而小溪“吐露”的那一段段格言、警句，简直就是亚墨斯达法一篇篇的临别赠言。“生活”“是思念和希冀”；“锁链”“可能比项链更珍贵”；“内心空虚是地道的炼狱”……这一字字，一行行，宣泄着生活的哲理、人生的真谛、处世的哲学、做人的忠告，闪烁着智慧的光芒，潜藏着思想的精髓，给人以启迪。

诗人把格言、警句镶嵌在山涧小溪流淌、吐露心曲的框架里，使理性的思考、抽象的哲理充满了诗的韵味。诗人把小溪的景象作为全诗的开篇和终结，使诗歌首尾呼应，结构谨严，浑然一体。

邢化祥　赏析

论孩子

于是一个怀中抱着孩子的妇人说：请给我们谈孩子。

他说，

你们的孩子，都不是你们的孩子，

乃是“生命”为自己所渴望的儿女。

他们是借你们而来，却不是从你们而来，

他们虽和你们同在，却不属于你们。

你们可以给他们以爱，却不可给他们以思想，

因为他们有自己的思想。

你们可以荫庇他们的身体，却不能荫庇他们的灵魂，

因为他们的灵魂，是住在“明日”的宅中，那是你们在梦中也不能想见的。

你们可以努力去模仿他们，却不能使他们来像你们，

因为生命是不倒行的，也不与“昨日”一同停留。

你们是弓，你们的孩子是从弦上发出的生命的箭矢。

那射者在无穷之中看定了目标，也用神力将你们引满，使他的箭矢迅疾而遥远地射了出去。

让你们在射者手中的“弯曲”成为喜乐吧；

因为他爱那飞出的箭，也爱了那静止的弓。

冰心　译

本诗选自《先知》。

孩子是我们生命的延续，是社会的未来、人类的希望。到底应该怎样看待我们的孩子呢？这首诗，将给我们以有益的启示。

“你们的孩子，都不是你们的孩子，乃是‘生命’为自己所渴望的儿女。”这句话的意思是说你们所以会有了孩子，只是因为人们的“生命”需要延续，这说明孩子不是父母的私有财产——“他们虽和你们同在，却不属于你们”。

孩子一经脱离母体，便成为一个独立的个体。因为孩子缺乏独立生活所必需的身体条件和技能，所以仍需父母和社会给他们以保护——“荫庇他们的身体”；供给他们生存和成长以必需的条件和关怀——“给他们以爱”。但是，孩子有自己认知社会的方式；孩子会向生活学习，并得出自己的答案。因而，做父母的“不可给他们以思想”——不应以自己时代的人生经验和思想观念去束缚和限制孩子的观念世界的活泼生命力和自由发展。因为社会总是在向前发展的——“生命是不倒行的”。我们只有顺应社会不断向前发展的规律，向我们的孩子学习——“努力去模仿他们”，才是合理的。

诗的最后以“弓”和“箭矢”的关系，形象地譬喻父母同子女的关系，进一步阐释了诗作开头所论述的“孩子”是“借”父母而来，却不是“从”父母而来的意思。这里的“射者”应是主宰万物的一股神秘力量，意思是说“射者”借“你们”而使孩子诞生，并使“你们”由此获得“喜乐”；他爱孩子，也同样地爱“你们”。

诗人对于“孩子”的看法，有不少合理的因素，闪烁着辩证法的光彩，今天，对我们教育后代仍有相当的启示。

江边　赏析

论　美

于是一个诗人说：请给我们谈美。

他回答说：

你们到哪里追求美，除了她自己做了你的道路，引导着你之外，你如何能找着她呢？

除了她做了你的言语的编造者之外，你如何能谈论她呢？

冤抑的、受伤的人说：“美是仁爱的，和柔的，如同一位年轻的母亲，在她自己的光荣中半含着羞涩，在我们中间行走。”

热情的人说：“不，美是一种全能的可畏的东西。

暴风似的，撼摇了上天下地。”

疲乏的、忧苦的人说：“美是温柔的微语，在我们心灵中说话。

她的声音传达到我们的寂静中，如同微晕的光，在阴影的恐惧中颤动。”

烦躁的人却说：“我们听见她在万山中叫号，

与她的呼声俱来的，有兽蹄之声，振翼之音与狮子之吼。”

在夜里守城的人说：“美要与晓暾从东方一齐升起。”

在日中的时候，工人和旅客说：“我们曾看见她凭倚在落日的窗户上俯视大地。”

在冬日，阻雪的人说：“她要和春天一同来临，跳跃于山峰之上。”

在夏日的炎热里，刈者说：“我们曾看见她与秋叶一同跳舞，

我们也看见她的发中有一堆白雪。”

这些都是他们关于美的谈说，

实际上，你却不是谈她，只是谈着你那未曾满足的需要，

美不是一种需要，只是一种欢乐。

她不是干渴的口，也不是伸出的空虚的手，

却是发焰的心，陶醉的灵魂。

她不是那你能看到的形象，能听到的歌声，

却是你虽闭目时也能看见的形象，虽掩耳时也能听见的歌声。

她不是犁痕下树皮中的液汁，也不是结系在兽爪间的禽鸟。

她是一座永远开花的花园，一群永远飞翔的天使。

阿法利斯的民众呵，在生命揭露圣洁的面容的时候的美，就是生命。但你就是生命，你也是面纱。

美是永生揽镜自照。

但你就是永生，你也是镜子。

冰心　译

本诗选自《先知》。

美，究竟是什么？这是一个千古之谜。几千年来，人们从不同的角度，千方百计地去解释她，探求她，但最终仍然莫衷一是，所以，柏拉图感叹过“美是难的”。这个难题，纪伯伦当然也无法解

决，他只是在批评了“美是实用”这种错误观点后，提出了自己对美的一种看法。

在纪伯伦看来“美”是可遇而不可求的。“美”是自然存在、自生自长的，假如“你”要以某种方式，造作地、刻意地去追求她，她便会消失。可是，如果她愿意“引导着你”步入美的境地，她自会“做了你的道路”，铺在“你”的脚下。只要我们有爱美之心，只要我们真正愿意按照美的标准来塑造自己的心灵、铸炼自己的形象，那么，我们就一定能够感受到美，就一定能够得到美的青睐，并在她的“引导”之下，步入“美”的境界。

诗作中间部分主要是批评美即实用的观点。诗人列举了各种不同的人对于“美”的不同认识：“冤抑的”、心灵受到伤害的人，因为缺少人世所给予他的“仁爱”与“和柔”，所以，把“美”想象为一位充满了“仁爱”与“和柔”的心肠的、“半含着羞涩”的“年轻的母亲”；“热情的人”从对自身性格和行为方式的肯定而判定，“美”也如同他的“热情”一般，是无所不能的，她如同“暴风”，具有无穷的威力；“疲乏”“忧苦”的人需要温情的抚慰，所以他认为“美”应该是那可以使自己的“心灵”得到抚慰的“温柔的微语”，而且，由于他自身的愁苦无力，便想象“美”“说话”时的声音，应也是无力和“恐惧”的，“如同微晕的光”；“烦躁的人”性喜“叫号”，因而“美”在他的心目中，也是喜欢吼叫的，譬如“兽蹄”之奔驰、大鸟之“振翼”、“狮子”之怒吼。

“夜里守城的人”巴望天亮，所以认为清晓之朝暾是最美的；晌午时在烈日下劳作的工人和匆忙赶路的旅人，难耐太阳如火的凶焰，希望太阳快些落山，所以认为傍晚时分是最美的。冬天里，被雪阻截在某处的人，或因耽误了一份好工作，或因延迟了一次快乐的聚会，因而盼望春天快些到来，冰融雪消之后好继续未竟的行程，因而认为春天融雪时的情景是最美的；头顶烈日收割的农夫，却巴望着凉爽的秋风，巴望饮一口冰凉的雪水，因而认为秋风落叶与皑皑白雪是最美的。

诗人在罗列了这许多实例后，一语破的地指出：这些人所谈论的其实并不是“美”，而是“那未曾满足的需要”。

他明确指出：“美不是一种需要，只是一种欢乐。”因而，在诗作后一部分，诗人便运用“否定”与“肯定”相交替的叙述方式，层层深入地陈述了自己的美学观。诗作以“干渴的口”“空虚的手”，比况人的“需要”；指出这并不是“美”。“美”之为形，是看不到的；“美”之为声，是听不见的。“美”是“发焰的心，陶醉的灵魂”，这意思是“美”是心中开放的花朵，是灵魂的陶醉，所以，“美”是靠心之眼去观看（体会），是凭灵魂之耳去谛听的。

“犁痕下树皮中的液汁”和“结系在兽爪间的禽鸟”一句，是借助这两个比喻说明：“美”并不是牺牲，也不是强力索求可以得到的；恰恰相反，“美”是一种甜蜜的宁静、一种幸福的欢乐，如同“一座永远开花的花园，一群永远飞翔的天使”。“生命揭露圣洁的面容的时候”，是指人在刚刚出世的时候，也是指所有美好的事物开始出现的那一瞬。诗人认为，生命从她开始的时候就是美的，美就是生命本身。“你”（生命）就是“美”；尽管“你”并没有清楚地认识自身的美（“你也是面纱”），如果“你”一生一世，时刻不忘自身的“美”（“永生揽镜自照”），那么，“你”就是“美”了。但是，不必去寻觅那方魔镜——“美”并不需要外界的认可；只要“你”自己认为“你”是美的，同时能够时刻以“美”的规范要求和修正自己（“你也是镜子”），那么，你就永远与“美”同在。

纪伯伦的美学观尽管带有“美在人心中”的唯心主义色彩，但他在批判“美是实用”这一点上是有力的。在论美的同时，也反映了一种积极的健康的人生哲学，对我们不无启示。更何况这不是一篇美学论文，而是一首诗，我们不宜对它的科学性提出更多的苛求。

江边　赏析

论　死

于是爱尔美差开口了，说：现在我们愿意问“死”。

他说：

你愿知道死的奥秘。

但是除了在生命的心中寻求以外，你们怎能寻见呢？

那夜中张目的枭鸟，它的眼睛在白昼是盲瞎的，不能揭露光明的神秘。

假如你真要瞻望死的灵魂，你当对生的肉体大大地开展你的心。

因为生和死是一件事，如同江河与海洋也是一件事。

在你的希望和愿欲的深处，隐藏着你对于来生的默识；

如同种子在雪下梦想，你们的心也在梦想着春天。

信赖一切的梦境吧，因为在那里面隐藏着永生之门。

你们的怕死，只是像一个牧人，当他站在国王的座前，被御手恩抚时的战栗。

在战栗之下，牧人岂不因为他身上已有了国王的手迹而喜悦么？

可是，他岂不更注意到他自己的战栗么？

除了在风中裸立、在日中消融之外，“死”还是什么呢？

除了把呼吸从不息的潮汐中解放，使他上升、扩大，无碍地寻求上帝之外，“气绝”又是什么呢？

只在你们从沉默的河中啜饮时，才真能歌唱。

只在你们达到山巅时，你们才开始攀缘。

只在大地索取你的四肢时，你们才真正的跳舞。

冰心　译

本诗选自《先知》。

死亡，是人生的一件大事。在世人心目中，“死”正如“生”同等重要。因而“爱”（“生”的最重要的表现形式之一）与“死”就成了有史以来一切文学艺术的一个永恒的主题。

在这首诗里，诗人正是要向我们揭示“死的奥秘”。

“生命的心中”，即是“生命之中”。诗人一上来便告诉我们：“死的奥秘”，只能向“生命”之中去寻求，才有可能找到答案。“枭鸟”即我们平常所说的猫头鹰，它的生活习性是白昼睡觉，夜晚出来觅食。诗人在这里是借猫头鹰“在白昼是盲瞎的”，“不能揭露光明的神秘”，来比喻我们“人”在生活于世界上的时候，对于“死”后的情形的“盲瞎”——不能揭露冥冥中的神秘。“瞻望死的灵魂……”一句，是说假如你真要穷根究底地看一看“死”的真谛，那么，你就应当先追寻一番生命的真实意义和道理之所在——“对生的肉体大大地开展你的心”。这一节的最末一句是说：正如江河最终都要流入海洋一样，生命最后都将归于冥府。江河与海洋是相连的，生与死也是相连的；它们不过是一件事情的前后两端罢了。

诗的第二节，以生动的形象，对人们对于那不可避免的“死”的恐惧心理，进行了深入的剖析，并给予了明智的指引。“希望和愿欲的深处”，隐藏着“对于来生的默识”，是说在“你”的潜意识里，“你”已经隐隐约约地认识到了“来生”是怎样一种情形。接着，诗作又以“种子在雪下梦想”着春天，形象地比喻人在世上生活着，却“梦想”着有一个更幸福美好的来世；并且劝告人们相信这“梦境”，便可寻觅到“永生之门”——获得内心的安宁与平静。诗作又将死神比作“国王”，将“人”比作“牧人”，形象地用山野间地位卑贱的牧人在受到尊贵的国王召见时，所表现出来的那种惶恐不安的样子，比拟世人在死神前的“战栗”，从而生动地说明了人在面临死亡时，虽然未免会有些恐惧，但是也将会有一种获得了解脱的喜悦之感——尽管他更多地注意到的是他自己的“战栗”。

诗的最后一节，进一步对“死”的真正意义，做了令人信服的诠释。“在风中裸立”指当死亡召唤时，就毫不畏惧地、毫不防范地迎上去——譬如浑身赤裸地站立风中，任凭它吹打一般。“在日中消融”，是说“死”的过程，就譬如一块冰在太阳照射下消散和融化了一样。接着，诗作又将人的“呼吸”比作大海的“潮汐”，将“死”——停止了呼吸，生动地说成是“灵魂”“从不息的潮汐中解放”出来，“上升、扩大，无碍地寻求上帝”，从而含蓄地说明了，“死”乃是灵魂获得了自由，是一种解脱。

“从沉默的河中啜饮”，是说人在死后，先要在一条河中饮一口水，饮水之后就变成了哑巴，再也不会讲话了。诗人在这里，是借用了这样一种迷信的说法。诗作最后这三句是说：只有当你们饮过了哑河的水之后，才可能以最自由的曲调，唱出最美妙的歌；只有当你们爬上了人生这座山的顶峰的时候，才可能开始进行自由的攀登；只有当你们的肉体消失了的时候，你们才获得了真正的自由。这三句诗所蕴含的哲理，与我国春秋时代的老子所讲的“无为则无不为”同样玄妙。这些话看似不通，实际上却蕴含着人生的真谛。如果我们能够对其中的意蕴有所彻悟，那么，“死”在我们面前，也就再没有什么奥秘可言了。

江边 赏析

麦阿里（叙利亚）

麦阿里（973—1057），阿拉伯阿拔斯王朝时期的诗人。作品有诗集《燧火集》《鲁祖米亚特》和散文集《宽恕书》。其作品揭露当时的政治腐败、社会混乱，表现了对宗教的怀疑，他被誉为“哲学家诗人和诗人哲学家”。

咏　烛

它似我，尽管岁月多艰，
光灿灿，仍如黄金一般。

虽在消亡、却总是让人看到笑脸，
对自己的遭际是那样坚强、勇敢。

若能开口，它一定会说：
“你们以为我是怕死才泪水不断，

其实，我哭并非由于悲伤，
欢笑有时也会泪流满面。”

仲跻昆　译

这是一首非常动人的咏物抒怀诗。诗人抓住烛泪熔尽，却光灿灿照亮周际的特点，表达了诗人以坚强、勇敢的笑脸，面对多艰岁月的积极乐观的心态。诗的最后，诗人以蜡烛的口吻直抒胸臆，将蜡烛的欢笑升华为一种可贵的人生品格，以个人的痛苦和消亡，换取大众的幸福和欢乐，这是一种高尚的人生追求，从这一层面上说，《咏烛》又被赋予了更为深邃的哲理内涵。

齐祁　赏析

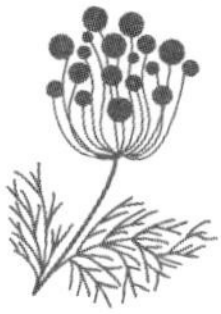

声　明

我公司在出版本书之前，曾积极向各位著译者（或家属）联系，以获得著译者（或家属）的重新授权。但因著译者（或家属通讯地址变更等原因，我公司未能与他们取得联系并得到他们回函，请上述著译者（或家属）见到本书后与我公司联系。地址见本书版权页。

商务印书馆国际有限公